MYSTERIOUS EYES

TOME I - GENÈSE

TESSA WOLF

Mentions légales

Mysterious Eyes
Tome 1 : Genèse
Tessa Wolf

Couverture et mise en pages : © Tinkerbell Design
Correctrice : Marj Geller
ISBN : 9781718001916

Note de l'auteure

Ce titre est dédié aux nanas formidables, amies, lectrices, chroniqueuses qui me suivent et me soutiennent depuis le début, à celles rencontrées pendant et après mes premières parutions.

Un grand merci à mes bêtas, la team B. I never forget U.

À une correctrice fabuleuse, Marj Geller.

Ce livre est aussi pour toutes les femmes au cœur d'or que j'aurai la chance de rencontrer dans ma vie.

« Il me dévisage avec un air de déjà-vu. C'est le cas, quand nous étions gamins. Seulement moi, je ne l'ai jamais oublié. Comment aurais-je pu ? Sa peau mate, sa tignasse brune et épaisse, ses yeux parfois vert, parfois gris, souvent noir.

Il se tient devant moi, l'air tendu. J'ai du mal à croire que c'est lui qui a été choisi...

Choisi pour prendre ma virginité et dans le meilleur des cas, selon eux, me faire un enfant »

Lexique

Sentynel : Soldat protecteur des remparts de la ville ayant des capacités surnaturelles et des aptitudes au combat.

Généapolis : Cité protectrice des hommes. Est aussi considérée comme la ville mère du monde.

Prologue

— Prénom ?

— Ava.

— Nom de famille ?

— Vous le connaissez, non ?

Mon sourire amical ne déride pas d'un pouce cette mégère, aux cheveux gris attachés sévèrement en un chignon rigide, affublée d'une blouse blanche clinique. Ses lèvres sont aussi fines qu'imperceptibles. Elle grimace et répète plus autoritaire.

— Nom de famille ?

— Ivanov.

— Âge ?

— Vingt et un ans. Puis-je savoir pourquoi je suis là ?

— Votre lieu de naissance.

C'est une blague ? Je soupire.

— Ici même, comme tous ceux de ma génération.

Elle coche des cases avec son stylo noir au fur et à mesure de mes réponses sans lever un seul instant les yeux sur moi. Je regarde les deux militaires marmoréens derrière l'épaisse porte en verre.

— Maladie génétique ?

— Aucune. Vous pouvez répondre à ma quest...

— Maladie enfantine connue ?

— Aucune. Sinon...

— Allergies, virus, anomalies du derme interne ou externe apparues récemment.

Je commence à perdre patience. Surtout que ça n'a jamais était mon fort d'être patiente, justement !

— Hum... Peut-être, maintenant que vous me le dites.

Bonne nouvelle, elle n'est pas faite de métal comme les humanoïdes disparus depuis une quinzaine d'années. Elle relève le menton.

— J'ai une petite tache blanche sur l'ongle de mon majeur. Vérifiez par vous-même, là, sur ma main droite... Un manque de calcium, je dirais.

Ses yeux se rétrécissent pour examiner scrupuleusement mon doigt et son regard glisse à nouveau sur sa feuille, le visage complètement fermé.

— Hum, je ne vois rien.

Je lève les yeux au ciel. Elle m'exaspère.

— Mon père est au courant que je suis là ?

Là, c'est « le dôme ». Il s'agit du centre de recherche biogénétique le plus avancé au monde et le plus grand. Le point névralgique de la population terrestre. Tous les yeux sont tournés vers ce lieu stratégique dont dépend l'humanité toute entière. L'humanité... Un très grand mot pour un petit nombre. 161 345 d'hommes et de femmes assidûment comptabilisés chaque jour dont le nombre décroît sur le panneau géant aux chiffres rouges de ce fameux dôme dans lequel j'ai été amenée contre mon gré.

Elle retire ses lunettes d'un geste agacé.

— Vous avez atteint la majorité. Peut-on continuer ?

— Ça veut dire que non.

— Votre père n'est pas au-dessus des lois, mademoiselle.

Elle me fixe de son regard bleu quasi vitreux et je ne comprends pas vraiment ce que veut dire dans le contexte présent : « être au-dessus des lois ». Mon père est censé être au-dessus de tout. C'est lui-même qui a signé les lois martiales de juillet 2111. Je le sais car il les a faites fièrement encadrer au-dessus de l'écran électroluminescent de notre salon. Trois autres signatures accompagnent la sienne, le haut-commissaire des États Unis d'Amérique, le puissant dictateur sud-africain et le responsable des armées du mouvement asiatique. Après cela, trois autres centres complémentaires au Dôme ont vu le jour sur ces autres continents.

— Votre père sait que vous êtes ici, m'assure-t-elle l'air grave.

Elle remet ses lunettes tranquillement sur le bout de son nez. Sa réponse m'inquiète.

— Vous nous certifiez être vierge ?

— Dois-je vraiment répondre à cette question ?

J'ai passé toute une batterie d'examens médicaux très approfondis avant d'atterrir devant ce fichu bureau gris métallisé. Ils ont tout examiné et quand je dis tout... C'est absolument tout !

— Répondez.

— Oui, je pense.

Elle relève les yeux au-dessus de ses lunettes écaille. Deuxième tentative pour notre cyborg.

— Vous pensez ? me demande-t-elle le regard appuyé.

Je baisse la voix et lui dis sur le ton de la confidence, en regardant à gauche et à droite, tout en vérifiant que personne ne nous entende. Elle s'approche, intriguée.

— Oui, quand j'étais gamine, je me suis prise le guidon de mon vélo statique en plein dans la cha... Enfin, vous voyez ce que je veux dire, le truc entre les jambes ? Vous devez avoir la même chose, non ? Ici..., dis-je en accompagnant d'un geste mes paroles. Bref, j'ai freiné trop brusquement... Putain, ça fait un mal de chien !

Elle se redresse et le haut de ses lèvres produit de petits tremblements rapides. Je souris plus largement. Aaaah enfin, une réaction humaine !

— Vous pensez que je rigole ?

— Toutes vos questions sont drôles, madame. Je remplis un formulaire tous les mois qui répond exactement aux questions que vous êtes en train de me poser. Pourquoi suis-je là ?

Elle soupire d'un air agacé.

— Votre test de ce matin s'est révélé positif.

Je me mets à battre nerveusement des paupières.

— Positif ? Impossible !

Jamais... Jamais il ne l'a été, pas une seule fois depuis que je suis en âge de faire ces maudits tests. La probabilité est en dessous de zéro !

— C'est pourtant vrai.

Je perds instantanément toute assurance et commence à paniquer car je sais exactement ce qu'un test positif signifie. C'est simple, il y a trois options. 0,91 %, l'expérience marche et tu demeures porteuse jusqu'à un terme inconnu, 33,08 % des cas ça marche mais tu crèves, 66,01 % ça ne marche pas et tu reprends ta vie jusqu'au prochain test.

Ma bouche s'ouvre et mon sang quitte mon visage pendant qu'elle cherche stoïquement sur son papier la prochaine question.

— Avez-vous été en contact avec des sentynels ces neufs derniers mois ?

Les sentynels... Pas depuis mes 13 ans. Pas depuis cette fameuse nuit...

J'avale ma salive avec grande difficulté.

— Non... Je n'en fréquente aucun.

Chapitre 1

LE PASSÉ

Décret n° 148 : Droit de censure et maîtrise de l'information par l'Etat dans le but de maintenir une société pérenne et économe.

Décret n° 276 : Gestion et contrôle des avancées technologiques et de l'industrie avec l'arrêt de toute production n'ayant pas pour objet la recherche biologique et médicale ou l'évolution sociale.

Décret n° 543 : Contrôle total des ressources et des recettes des institutions et exploitations.

L'homme doit sa survie au dogme décrit dans les décrets d'Etat, rédigé par les bien-pensants et bienfaisants.

*

* *

Ava, 13 ans

« Fouiller dans le passé est passible d'une lourde peine de prison », m'a longtemps prévenue mon père. Pourtant, j'en

ai fait une obsession. La grande question est : est-ce que je l'aurais fait si cela n'était pas interdit ?

Chaque pays avait son hymne national... J'ai appris cela dans un des livres d'histoire piqué dans la grande bibliothèque secrète et fermée à double tour de mon père. Ces pays n'existent plus. Aujourd'hui, l'Etat universel nommé « Agora » dirige le monde depuis une seule métropole où 89 % de la population est concentrée : Généapolis.

Quelques articles de journaux s'échappent du livre que je tiens entre les mains.

« *Une sécheresse qui dure depuis trop longtemps* » New York Time, 2088

« *Sans eau, pas de vie. La fuite des populations est inévitable"* Daily, 2097

« *La planète terre ne nous laisse plus le choix* », La table des 4, 2111

L'Agora a été adopté après le célèbre exode baptisé « Le mortel », le plus grand que la Terre ait jamais connu. Des millions d'hommes et de femmes, poussés par la sécheresse de la terre et la faim, ont émigré jusqu'aux pays nordiques entraînant des phénomènes catastrophiques. Les gens furent entassés. Les chefs d'états dépassés. Les lieux surpeuplés. La misère. Les vols. La violence. Les épidémies...

Les photos parlent d'elles même et me font froid dans le dos. Je referme le bouquin expliquant les dernières heures du monde d'avant et le replace sur l'une des étagères nommées : « Anciens régimes ».

Il est deux heures du matin quand je remonte silencieusement le grand escalier en bois vernis, avec un livre volé sous le bras intitulé « L'industrie du 21eme siècle ». Tout le monde est endormi à cette heure. La porte grince un peu.

— Aden ?

— Hum...

J'entre dans sa chambre d'un pas léger.

— Tu dors ?

— Avant que tu me le demandes, oui.

Une fois près de son lit, je le pousse, il grogne mais pour une fois, concède à se décaler légèrement sur la droite. Il garde les yeux fermés quand je me faufile sous ses draps.

Je me love tout contre lui et la chaleur qui émane à travers son t-shirt me rassure. Il a toujours eu une température corporelle au-dessus de la moyenne. Je glisse mes jambes entre les siennes. Ses mains chaudes repoussent légèrement mes hanches.

— Qu'est-ce qu'il se passe encore ? soupire-t-il en grattant paresseusement ses cheveux épais.

— J'aimerais tellement être née avant.

— Avant quoi ?

— Avant tout ça. Avant toutes ces lois. Avant le grand chaos et le déclin. Les gens étaient libres.

— Tu ne te sens pas libre ?

— Non enfin si... Je ne sais pas. J'ai l'impression d'étouffer.

— Moi aussi.

— C'est vrai ?

Il ouvre les yeux et ses deux prunelles brillent légèrement dans le noir. Son regard est unique et j'adore l'admirer dans la pénombre. Il est différent de moi, différent de tous à vrai dire. Il fait partie de la toute dernière expérience hybride qu'a réalisée mon père avant l'arrêt définitif de ses travaux et sa nomination à la table des 4. La mère d'Aden est morte en couches et il fut recueilli par mon paternel.

Sept embryons sur les cinquante-cinq essais sont arrivés à terme. Cependant leur génome modifié les a pourvus de capacités pas très ordinaires. L'expérience s'est avérée en partie positive mais a été arrêtée car trop mortelle pour les porteuses et estimée dangereuse pour la race humaine liée aux nombreuses controverses idéologiques évidentes. D'après mon père, ces survivants sont les plus résistants et pourraient, plus tard, être la solution à l'extinction de l'homme.

Je reste un moment complètement hypnotisée par son regard nyctalope lumineux.

— Tu savais qu'on pouvait voler ? Enfin, dans de grosses machines, des tubes avec de grandes ailes comme ceux des oiseaux. On les appelait les avions. Et les voitures autopilotées, les drones, les hommes dans l'espace, Internet ! Oh oui Internet !! Je t'en ai déjà parlé non ? Tu te rends compte que de toute cette technologie que l'on maîtrisait nous avons uniquement conservé les appareils de diagnostic et de suivi médical ?

Il se met à bailler excessivement. Ça m'énerve qu'il m'écoute à peine alors j'en profite pour lui enfoncer un de mes doigts dans sa bouche grande ouverte et le plus loin possible.

Il se met à le recracher en m'attrapant fermement le poignet.

— Qu'est-ce que tu peux être chiante ! La prochaine fois, je te mords.

Il rejette mon bras.

— Tu ne m'écoutes jamais, me plains-je avec véhémence.

Du haut de ses dix-sept ans, Aden ne prête pas vraiment attention à mes découvertes. Il est plutôt préoccupé par son prochain petit déjeuner et surtout les filles. Les deux sexes sont séparés dans les institutions universitaires mais ça ne l'empêche pas de braver l'interdit en les embrassant derrière le jardin de notre maison. Il va à l'école militaire, rencontre un tas de personne alors que moi, je suis coincée dans cette maudite maison fortifiée des années 2099.

Il referme lentement les yeux et ma douce et rassurante lumière disparaît.

— Tu lis trop Ava. Si ton père se rend compte que tu sais où il cache les clés de sa bibliothèque, tu vas passer un sale quart d'heure.

Je me colle contre son torse plutôt large pour un garçon de son âge et ronronne comme un bébé chat.

— Non, car tu es là. Tu es mon protecteur. Tu le seras toujours, pas vrai ?

Aden se décale légèrement.

— Bon sang Ava, tu es une vraie glu. Tu devrais retourner dans ton lit.

Je déteste quand il fait cela. Depuis quelques années déjà, il tient à dormir sans moi alors qu'on a cette habitude depuis tout petits. Il est mon seul véritable ami et aussi le seul à m'avoir vue pleurer. Mon père déteste ça et Aden a toujours su me réconforter et sécher mes larmes même s'il ronchonne quelques fois. Et aujourd'hui, il est de moins en moins présent à la maison. Il s'éloigne et ça me pince le cœur.

Mon père ne me laisse pratiquement jamais quitter notre grande bâtisse. Mes cours me sont donnés par un professeur qui se déplace chez nous. Dans un mois, je pourrai intégrer la première session de l'institut de médecine s'il me laisse y aller comme il me l'a promis. Même si les tests ont choisi pour moi cette orientation, il pourrait bien mettre son veto. Mon père a tendance à me surprotéger.

Aden me pousse hors de son lit et sans que je m'y attende j'ai le cul par terre. Je l'entends ricaner.

— Merde Aden ! Tu fais chier !

— Va te coucher tête d'asticot. Surtout, n'oublie pas de remettre ce foutu livre à sa place.

Je me remets sur mes jambes et frotte mes fesses douloureuses.

— Si j'ai un bleu, je te jure que je le dirai à mon père.

Il ne répond pas. Il sait que je ne ferai jamais une chose pareille. Quand il me tourne le dos ça me fait quelque chose. Je n'ai pas envie qu'il s'éloigne de moi pourtant je sens que c'est ce qu'il va arriver tôt ou tard.

Je récupère mon livre posé sur sa table de nuit et quitte sa chambre à regret.

Je m'arrête devant celle de ma mère. Elle la quitte rarement. Ma naissance et les lourds traitements administrés par mon père pour la maintenir en vie lui ont paralysé la moitié du corps et elle perd quelques fois l'esprit. Elle est douce et je l'aime mais c'est dur parfois de la voir regarder dans le vide, triste et fatiguée.

Je rejoins ma chambre lentement. Entre sous les draps de mon lit et c'est très tard que mes yeux se ferment après m'être mise, une fois de plus, à rêver du passé.

Chapitre 2

BAISER MORTEL

Décret n° 434 : Contrôle total par l'Etat de la procréation et des naissances. L'Etat se donne le droit de punir tout accouplement non autorisé en dehors du dôme.

*

**

Ava, 13 ans

« Respecter la vie, c'est obéir aux règles de l'Etat » scande en rouge vif une des affiches que j'aperçois sur un mur dans la rue en face de ma chambre.

Je soupire. Obéir, obéir, obéir. Je déteste ce mot et tous ceux qui l'entourent : devoir, contrainte, astreinte, entrave, chaîne.

Rien n'est drôle, spontané, « fun » ! ~mot que j'ai appris dans un des livres de la bibliothèque de mon père~ bref, je m'ennuie à mourir.

Ma seule activité « fun » est quand je guette le retour d'Aden chaque vendredi soir. Il est toujours à l'heure alors je ne suis pas étonnée de le voir traverser la rue.

Je sais qu'il ne va pas rentrer directement mais s'arrêter derrière l'un de nos rosiers éternels. Une fille doit déjà l'y attendre. La ville est étroitement surveillée par des caméras et le jardin de mon père est l'un des endroits qui ne l'est pas.

Je file à toute allure, fonce à travers le jardin et me réfugie derrière un chêne, un arbre centenaire au sommet duquel siège une vieille cabane en bois. Mon père a dû enlever l'échelle pour répondre à l'une des nombreuses lois de sécurité. Mais cela n'a jamais arrêté Aden, qui m'a appris à grimper jusqu'au bunker de notre enfance. Une fois en haut, j'ai une vue plongeante sur les rosiers.

Aden est en train de caresser les longs cheveux roux quasiment rouge d'une fille plutôt jolie. Il l'embrasse lentement en émettant un léger grognement. Elle est accrochée à son cou et se colle contre lui de façon très suggestive. Depuis quelques temps, c'est toujours la même. C'est différent avec elle, je l'ai vite compris.

Les mains d'Aden entourent maintenant son visage au teint de pêche puis il se dégage un peu.

— Doucement ma belle, souffle-t-il contre sa bouche.

Les lèvres d'Aden glissent lentement jusqu'à l'oreille de la fille aux cheveux de feu et à ma grande déception, je n'entends pas ce qu'il lui dit mais la respiration de la rousse s'accélère et sa poitrine se tend dans sa direction.

— Aden... J'aimerais qu'on ait plus à se cacher. C'est dur d'être loin de toi.

— Je sais, pour moi aussi c'est dur. Il faut être patient et peut-être nous autoriseront-ils une union surveillée.

Elle prend un air renfrogné.

— Dans combien de temps ? Notre majorité est dans quatre ans. Il faudra encore passer ces maudits tests et si toutefois nous étions compatibles ? Tu nous vois attendre nos vingt et un ans ? Et pour rien au final ?

Il affiche un sourire amusé.

— Si nous étions compatibles, nous le saurions déjà, tu ne crois pas ?

Compatibles... Seuls les couples ne pouvant pas procréer, dit incompatibles, sont autorisés à vivre ensemble. On les appelle les négatifs, comme le sont les résultats de leurs tests. Elle baisse le regard et paraît attristée. Il lui saisit le menton et relève son visage.

— Arrête de ruminer Capela. Je n'ai besoin que de toi. Et puis, que peut-on faire de plus ? Nous n'avons pas le choix.

— Si nous pouvons partir, nous enfuir. Mon oncle...

— Arrête, ton oncle est en prison. C'est comme cela que tu veux qu'on finisse ? À vivre tous les deux comme des fugitifs, des criminels ? Il faut qu'on soit patients. Je le serai pour toi.

Il prend son visage en coupe et lui embrasse le bout du nez. Elle le regarde avec adoration.

— Je t'aime et j'ai besoin de toi, jour et nuit. Pas seulement quelques minutes volées dans le jardin de ce sadique ou dans les toilettes du complexe.

Sadique ? Elle parle de mon père si je ne m'abuse. Je serre les poings. Elle a de la chance que je suis sensée être incognito. Si je n'étais pas en train de les espionner, je serais vite descendue pour lui dire ce que je pense de son attitude de fille dépravée.

— Il n'est pas si terrible...

L'expression de Capela change pour une moue boudeuse. J'avoue qu'elle est extrêmement jolie. On distingue sa silhouette élancée même sous l'uniforme large, gris et peu saillant de l'école militaire. Ici, rien n'est fait pour mettre en valeur qui que ce soit. Quoique quand je détaille Aden, la veste et le pantalon noir lui vont à merveille et même sans être ajustés, ils épousent sa carrure et ses bras trop musclés pour le costume. Son épaisse tignasse brune le rend sauvage et ses yeux incroyables sont comme deux aimants brûlants. Aden a toujours été mieux bâti et plus grand que ceux de son âge. Il est d'une beauté renversante, presque animale et attire l'attention des filles indéniablement.

— Promets moi d'y réfléchir, insiste Capela.

Aden baisse un instant les yeux avant de souffler :

— Je te le promets.

Sa réponse me fait mal. La voix d'Aden est tellement douce quand il s'adresse à elle que je me mets à ressentir une pointe de jalousie. C'est vrai, il me parlait de la même façon quand j'étais effrayée et que je me réfugiais dans sa chambre. Et cela fait tellement de temps. M'oublie-t-il au profit de cette fille ? Est-ce pour cela qu'il ne veut plus que je dorme avec lui ?

Aden l'enlace et la soulève de terre quelques secondes. Il lui respire le cou longuement.

— On se voit à l'office dimanche, mais sois plus discrète, d'accord ?

Il prend sa main et lui mord avec sensualité l'intérieur du poignet avant d'y laisser glisser sa bouche lentement.

— Tu me connais, dit-elle en se mordant la lèvre, envoûtée par la caresse singulière d'Aden.

Ils se séparent et je reste encore plusieurs minutes au sommet de mon arbre. D'où je suis, je perçois le décompte sur le panneau lumineux accroché au dôme. Aujourd'hui, trois personnes sont décédées et aucune naissance, comme la plupart du temps. La population diminue et vieillit.

Je pose un regard triste sur nos jouets d'enfants jonchant le sol poussiéreux de la cabane. Ceux que nous avons laissés de côté depuis qu'Aden n'est plus en âge de jouer avec moi. Je me souviens qu'il avait une façon particulière de me regarder. Comme si j'étais unique, exceptionnelle. Ce temps-là est passé et mon cœur se serre. Il me manque.

Et aujourd'hui, l'Etat le conditionne à mesurer l'importance de son devoir. Il fait partie des Sept. L'élite. Les sentynels. Pour le moment, Aden est encore jeune par rapport aux six autres. Il perfectionne ses talents et aptitudes à l'école militaire de Généapolis.

En rentrant, je passe devant sa porte à demi ouverte et je ne m'empêche pas un coup d'œil. Aden est de dos en train de se déshabiller. Cette situation me trouble et je reste vissée sur mes deux jambes, incapable de bouger. Je l'espionne pendant qu'il enlève avec souplesse ses vêtements en les jetant sur son lit. C'est la première fois que je vois son corps pratiquement nu. Quelque chose est tatoué sur son flanc droit mais je ne le distingue pas vraiment d'où je suis. J'avale ma salive et mesure les muscles fins et parfaitement dessinés sur sa peau naturellement mate. Je reviens à moi quand il disparaît dans la salle de bain. Je regagne ma chambre quelque peu déroutée.

Cette nuit, je me réveille en nage. J'ai fait un rêve. Aden me disait qu'il m'aimait et m'embrassait plus passionnément encore qu'il n'embrassait Capela. C'était brutal mais en même temps furieusement enivrant. Il ne dissimulait aucunement ses sentiments. Je n'arrivais pas à me soustraire à son étreinte tellement elle me réconfortait et me faisait du bien.

J'allume la lampe de chevet et les sensations de ses mains courent encore sur mon visage même une fois assise au bord de mon lit, les pieds nus effleurant le sol frais. Jamais, je n'ai ressenti cela, cette attraction, cette envie bizarre. Ce besoin d'être aimée. D'être aimée d'Aden. Il me faut plusieurs minutes pour retrouver mon calme. Mais toute sérénité m'a quittée. Le silence de la chambre fait corps avec le vide qui m'envahit. Aden partira à sa majorité et il m'oubliera.

Je me lève et silencieusement me dirige vers sa chambre. Il ne la ferme jamais. De toute façon, de qui peut-il craindre ? J'actionne la poignée.

— Que fais-tu là, Ava, gronde-t-il sans avoir ouvert les yeux.

Je ne dis rien et poursuit mon ascension jusqu'à son lit.

— Retourne dans ta chambre, je dors, lance-t-il plus sèchement.

J'aperçois son visage grâce aux sillons lumineux du couloir. Je glisse sous ses draps. Mon buste touche sa peau brûlante et je m'aperçois qu'il est torse nu. Il fait toujours un temps caniculaire mais cette nuit est plus chaude que les autres. Il tend le bras pour récupérer son t-shirt jeté sur sa table de chevet. Il se couvre rapidement.

— On ne devrait plus faire cela.

— Pourquoi ?

— Je suis pratiquement un adulte et toi une gamine.

— Je suis plus mûre et intelligente que toutes les filles que tu fréquentes, je me défends aussitôt.

— Ce n'est pas une raison, grogne-t-il en mettant son bras derrière sa nuque créant ainsi un espace entre nous.

Les minutes passent. J'entends sa respiration calme et familière et laisse passer les secondes troublantes, mon rêve y étant sûrement pour quelque chose.

Autrefois, il laissait reposer ma tête sur son épaule et je m'endormais aussitôt. Le lendemain, je me retrouvais couchée dans mon propre lit. C'était notre rituel, notre secret. Aujourd'hui, c'est comme si notre amitié n'avait jamais existé.

— Je n'ai jamais embrassé personne, je chuchote finalement tel un aveu.

— Tu n'as besoin d'embrasser personne, répond-t-il aussitôt d'une voix polaire.

Sa façon de me parler me blesse. Un fossé s'est creusé entre nous et au vu de son comportement glacial et distant, il semble aujourd'hui infranchissable.

Un élan de colère s'empare de moi. Il n'a pas le droit de me rejeter. Je devrais être importante pour lui. Plus importante que Capela. Je suis spéciale. Il me l'a toujours dit. Je ne suis peut-être pas aussi belle qu'elle mais je compte pour lui. C'est vrai non ? Enfin, je crois. Je ne sais plus. J'ai obstinément besoin de savoir si je compte.

D'un seul mouvement, je me place au-dessus de lui, mes deux jambes entre les siennes. Son grand corps se tend immédiatement et j'ai l'impression d'être minuscule. Mon cœur palpite nerveusement. Il me retient par les hanches.

— Ava, qu'est-ce que tu fais, bon sang ?

Sans qu'il ne s'y attende, je plaque ma bouche sur la sienne et commence à l'embrasser comme je l'ai vu faire si souvent. Ses lèvres charnues bougent à peine et se mettent à trembler. Mes mains glissent spontanément dans ses cheveux. Un peu gauchement, j'écrase et remue mes lèvres. L'instant se charge d'une émotion puissante et je me rends compte que ça me bouleverse. Son souffle se mélange bientôt au mien et sa salive entre en contact de la mienne.

Il émet un grognement. Ses yeux s'ouvrent soudain et je crois les voir s'enflammer. Il répond maintenant furieusement à mon baiser et je suis projetée dans un univers où je ne contrôle plus aucun de mes gestes. Tout est naturel, parfait, bon. Il prend les rênes et ralentit le rythme, me scrute et je laisse avec surprise sa langue entrer dans ma bouche. Elle me cherche, m'entraîne et danse un ballet habile. Il m'apprend à embrasser et mon pouls tape à exploser. Je m'habitue à cette sensation nouvelle. Je deviens plus sûre de moi et réponds avec une fougue qui me dépasse. Ses mains se posent sur mon visage puis mon cou. Mon cœur bat tellement vite que j'ai du mal à respirer. La couleur de ses iris change pour m'engloutir. J'ai comme l'impression qu'il va me dévorer. Tout son corps se contracte à l'extrême et je sens son sexe gonfler et durcir sous mon ventre.

J'arrête tout. Ce résultat physique me fait peur et je m'arrache de ses lèvres brûlantes, complètement paniquée.

Ses deux mains se plaquent sur mes épaules qu'il repousse violemment avant de se lever. Il ne me regarde pas, ses yeux brillants sont obstinément rivés au sol. Son buste se soulève avec force. J'attends qu'il dise quelque chose. Mon rythme cardiaque est à son paroxysme. Mon cœur va éclater.

— Ad…

— Bordel ! Sors Ava ! Je ne le répéterai pas, rugit-il assez fort pour me faire peur.

Mes joues se colorent. J'essaie de ralentir ma respiration mais c'est peine perdue. Je sors de son lit en tremblant de tout mon corps et quitte sa chambre en courant.

Une fois dans mon lit, je reste des heures et des heures éveillées. Aden avait l'air si furieux que je pense une seconde que dès demain je devrai m'excuser. Mais finalement non, ce baiser était si incroyable qu'il ne peut pas être le dernier. Malgré notre différence d'âge, j'ai senti qu'il n'était pas indifférent. Il s'est passé quelque chose que je ne sais définir.

Avant de définitivement fermer les yeux, je me promets de lui demander s'il a lui-même aimé m'embrasser. Si simplement, ce baiser compte.

*

**

Le lendemain, la maison est trop calme. Mon père déjeune à la grande table du salon en lisant tranquillement l'unique journal de la cité. Ce qui me surprend immédiatement est le nombre de couverts disposé. Avant même que je n'ai eu le temps de poser la question, mon père répond d'une voix neutre sans lever les yeux.

— Aden a dû nous quitter. Il est peu probable que tu le revois Ava.

Chapitre 3

LE PARDON

Décret n° 5 : Toute personne s'aventurant au-delà du mur risque sa vie et se mettre en danger signifie être l'ennemi de l'humanité.

*

**

Ava, 21 ans

Tout le monde n'est pas né avec une capacité ou une tare, un sens développé ou manquant, une santé de fer ou une maladie génétique.

Oui, nous n'avons pas tous la chance d'être parfaits hormis ceux de ma génération...

Comprendre les déficiences, les défaillances et les anomalies de l'embryon fut l'objectif de la recherche scientifique du siècle dernier. La surpopulation au kilomètre carré avait atteint un pic tellement élevé qu'un seul enfant était autorisé par couple marié et évidemment les parents le voulaient parfait. L'enfant parfait a été l'obsession des chercheurs pendant des décennies quitte à stopper les grossesses à embryon défectueux. Les avortements étaient de plus en plus nombreux et leurs termes plus avancés.

A l'époque de son existence, l'ONU a pris conscience que l'être humain était en déclin mais trop tard. L'écrasante et mystérieuse machine de l'extinction ne pouvait être stoppée. Déjà, les femmes n'ovulaient quasiment plus, nombre d'embryons étaient mortels pour la mère, nombre de femmes mouraient en couches, nombre d'enfants étaient mort-nés.

Aujourd'hui, nos chercheurs ont oublié le sujet parfait pour se pencher sur la cause du décroissement de la démographie et en trouver le remède pour inverser la tendance.

Attaque bactériologique ? Virus ? Condition climatique ? Œuvre du Seigneur ? Tout reste à prouver sauf pour le prêtre devant nous qui officie dans notre école. Selon lui, Dieu nous punit de nos actes passés. A force de vouloir contrôler la vie, de ne pas respecter ce que notre Seigneur voulait bien naturellement nous offrir, nous avons perdu le droit de vivre. Alors nous devons nous repentir. Expier nos péchés. Nous devons être justes, droits, entrer dans le moule étriqué des bons croyants engoncés dans la foi suprême. Nous devons prier pour notre salut...

Autant se mettre un nœud coulant autour du cou.

Un jour, mon père m'a expliqué que la religion est indispensable pour le bon fonctionnement d'une communauté et sa pérennité. Et c'est sans doute de là qu'est née une nouvelle religion monothéiste : le « Leviticisme » qui signifie le grand pardon. A Généapolis, être croyant est obligatoire.

Moi, je pense que c'est dans la nature humaine de croire en quelque chose depuis la nuit des temps. L'homme a besoin d'espérer un paradis comme redouter un enfer sans quoi sa vie serait absurde. Il a un besoin de connaître son origine et sa finalité. L'homme a besoin d'un guide, d'un supérieur, d'une police, d'un juge depuis toujours.

—... que Dieu me pardonne, dis-je en cœur avec les autres élèves en fin de messe.

En même temps, je grimace en louchant comme une gamine avant d'être prise en flagrant délit par notre moraliste pasteur qui me réprimande du regard. Mais bon sang, l'emploi du pronom « me » dans cette prière n'a l'air de choquer personne ! Suis-je la seule à me demander ce que Dieu pourrait bien me pardonner ? Peut-être juste le simple fait d'être née.

Généapolis est entourée d'un mur d'enceinte de plusieurs mètres de haut incluant vingt-sept imposantes tours de garde. Une ville construite à l'intérieur d'une ville avec ses bâtiments, ses palais et églises aux couleurs jadis vives mais aujourd'hui défraîchies. Cette forteresse autrefois utilisée pour la protection des Tsars Russes est maintenant l'endroit de vie de plusieurs milliers d'hommes et de femmes. Notre université est le grand bâtiment blanc ou chaque aile défend un corps de métier. Les hauts dirigeants et le sénat occupe le Belvédère. Le bâtiment le plus haut de Généapolis. Ses nombreuses fenêtres étroites striant les quatre pans ainsi que sa table d'orientation sur son toit terrasse permettent une vue à trois cent soixante degrés sur la cité. Enfin, le dôme immaculé a été édifié au centre même de la citadelle.

La chapelle attenante à l'université est le seul endroit où tous les élèves se retrouvent. Les filles sur les bancs de gauche, les garçons à droite. Il est interdit de se parler mais il n'est pas rare de surprendre des œillades. Communiquer avec des signes est devenu un langage, un véritable code secret que les élèves se transmettent d'année en année.

En quittant les bancs liturgiques en bois, je signe à Karel l'heure et l'endroit de notre rendez-vous. Il me répond d'un «ok» avec un sourire enjôleur et heureux. Lui aussi est en médecine. Il n'a rien d'athlétique mais il est assez mignon. Pas plus qu'un autre en réalité, personne ne sort vraiment du lot ici.

Les énormes carillons sonnent le début des cours du matin. Les filles sortent en premier. Aucun contact entre les deux sexes n'est admissible à l'université.

Notre créneau est la sortie chaque soir des élèves comme celles des travailleurs. Les couples clandestins se fondent dans la masse des gens pressés de rentrer chez eux et c'est toujours aisé de disparaître quelques minutes dans les jardins avant l'appel du soir. Évidemment, le risque d'être surpris rend tout cela bien plus excitant...

J'assiste au dernier cours de biologie de ma vie. Dans une semaine, j'intégrerai le dôme en tant que médecin chercheur. Mes études ont été orientées dans ce but précis. Pour Agora, tout le monde a une place bien définie, celle pour laquelle tu es naturellement doué.

Je regarde par la fenêtre et admire la vue que certains nommeraient chaotique. La nature a rapidement repris ses droits sur les maisons et immeubles inhabités au delà du grand mur en brique rouge.

— Tu rêves encore Ava, me signale Emmy à côté de moi.

— Pas du tout, dis-je en reportant mon attention sur mon classeur.

Le professeur dispense son cours avec passion. Il est naturellement fait pour cela.

— Tu as reçu ton pass pour le dôme ce matin ? J'étais toute excitée. Par contre, je n'aime pas trop la photo qu'on m'a attribuée. On dirait que je fais plus vieille.

Emmy et sa phobie de vieillir... Elle rejette sa queue de cheval dans son dos. Ses cheveux auburn sont sublimes.

— Oui, super génial..., après la prison de l'internat, la loi du silence au dôme.

La dernière année, on nous fait signer le serment d'Hippocrate remis au goût du jour de quelques lignes :

"...je tairai mes expériences et mes découvertes pour le bien de l'humanité. Le dôme est silence et à l'extérieur, son intérieur n'existe plus... »

J'ai signé d'une simple croix. J'ai eu droit à une colle.

— Arrête de faire ta rabat-joie, on pourra enfin parler aux garçons librement.

Je n'ai pas vraiment attendu ma nomination au dôme pour faire cela.

Emmy est la seule qui m'adresse la parole. Évidemment, la fille de l'éminent « sadique » ne fait pas l'unanimité. On va dire que j'ai beaucoup plus de succès auprès des garçons.

En sortant du dernier cours du soir, je me dirige avec d'autres élèves vers l'une des cinq portes du Kremlin. Celle à côté des grands jardins où la tour est la plus haute et impressionnante. Il paraît que les sentynels vivent dans l'une d'elles, d'autres disent qu'ils sont partout dans les murailles. Ce sont les gardiens de la ville, les gardiens de la vie. Si tu as le malheur d'en voir un de très près, c'est que tu t'es risqué à sortir de l'enceinte de Généapolis.

Je rejoins mon point de rendez-vous. Karel m'y attend déjà. Nous nous cachons derrière l'un des grands sapins du jardin. Il me prend dans ses bras et ses lèvres se pressent contre les miennes immédiatement. Nous nous embrassons pendant longtemps. J'évite toute discussion inutile.

Il stoppe notre baiser et ses deux mains m'enserrent les joues. Ma bouche doit ressembler à celle d'un poisson. Je me demande ce qui lui prend alors qu'il cherche mon regard.

— Ava, je crois que je suis amoureux.

— Ah oui et de qui ? demandé-je en fixant sur sa droite les toits de l'ancienne église en forme de glace italienne décolorée.

Et dire qu'elle faisait partie du patrimoine mondial. Quand la survie de l'homme est en jeu, plus aucune œuvre n'a de valeur.

Le rire un peu enfantin de Karel me fait revenir à moi.

— Ava, regarde-moi à la fin. (Mes yeux rencontrent la pâleur des siens) De toi évidemment.

J'ai l'impression qu'il m'a lancé un seau d'eau froide en plein visage et mon corps devient aussi dur que la pierre. Je me dégage rapidement.

— Tu es complètement frappé ! On s'embrasse, c'est tout, il n'a jamais été question de tomber amoureux !

Aucunement décontenancé, il dépose un genou à terre me donnant droit à une vision d'horreur. Je panique.

— Ça fait un an déjà...

Je l'arrête tout de suite et lui saisissant l'épaule. Il se redresse, surpris. Dans ces moments-là, faire preuve de tact ne servirait à rien, autant retirer le sparadrap d'un coup sec.

— Sais-tu combien d'autres garçons j'ai embrassé au cours de cette année justement ?

— Je le sais très bien, trois garçons du bâtiment agricole, deux du textile, un en meca...

— OK, OK, c'est bon...

Pas de jugement hâtif ok ! Aujourd'hui, c'est une fille pour dix garçons. Certaines d'entre nous ont été appelées pour être porteuses et ne sont jamais revenues. Il n'y a que l'embarras du choix, les mecs sont faciles et c'est bien aisé quand tu as besoin d'eux.

— Je suis quand même ton favori, non ? Je voulais qu'on remplisse une demande d'union... enfin si tu es d'accord.

Un mariage ?! Clairement oui, c'est ce qu'une union surveillée signifie. Le seul droit de vivre une histoire stérile sous contrôle. Des restrictions et des tests chaque jour plus poussés et plus fréquents. Non merci. Je préfère de loin vivre une vie faite de petites aventures excitantes plutôt que m'enchaîner à un homme. Au moins, de ce côté-là, je suis libre de choisir.

— Karel, je t'apprécie mais ce genre de vie n'est pas pour moi.

Il paraît vraiment déçu mais que puis-je faire ? Il connait ma réputation. La fille du grand scientifique fou dingo ne s'attache à personne. On dit que c'est pour rendre mon paternel furax. Si c'était le cas, je ferais bien pire encore... Simplement, je n'aime personne enfin je n'y arrive pas. En tout cas, pas assez pour me lier à vie avec quelqu'un. Et puis, à quoi bon, la vie d'une femme ici peut basculer à tout moment.

— Tu as pensé à prendre ce que je t'ai demandé ? me risqué-je à lui demander en feintant un sourire.

Karel est spécialiste en chimie et j'ai besoin d'un produit provenant de son labo. Il s'empourpre d'un seul coup.

— Tu te sers de moi ! s'éructe-t-il soudain.

— Pas du tout, enfin si. Mais toi aussi, tu te sers de moi !

— Je... je quoi ? demande-t-il la mine atterrée.

— Je te laisse m'embrasser et tu me donnes ce dont j'ai besoin. C'est donnant-donnant. Non ? Attends... Ne me dis pas que tu n'as rien remarqué...

Ses yeux rougissent de colère.

— Arrête ça, Ava !

— Quoi ?

— Arrête de me regarder comme si j'étais un débile profond.

— Je fais ça moi ?

Il marche rageusement de droite à gauche les deux mains sur sa tête. Il me fatigue.

— Tu es folle ! C'est ça, tu es complètement folle.

— Peut-être un peu, j'admets sérieusement.

Oui, avec ce que je prévois de faire, je dois sûrement être barrée.

— C'est fini alors ? il m'interroge encore, l'espoir faible.

Je comprends son désarroi. Il a perdu un an avec moi. Bien entendu, vu le nombre de filles de son âge qu'il reste, les possibilités s'amenuisent jour après jour. Mais, c'est de sa faute aussi, je ne lui ai jamais rien promis.

— Oui.

Je ne m'excuse pas et quitte notre cachette en le plantant là. Mon pardon de demain à la messe servira à cela.

Chapitre 4

UN MATIN DE JUIN

À la lueur de la lune, j'escalade le grand mur en pierres blanches apparentes du bâtiment sud. Au deuxième étage, la fenêtre du dortoir des garçons est légèrement ouverte et après un dernier effort, j'arrive à me hisser et m'asseoir sur son rebord.

La grande pièce est calme, seuls les ronflements réguliers parviennent des quelques lits. Je retire mes chaussures et saute sur le parquet. Un garçon s'agite juste devant moi, je retiens ma respiration.

Après quelques secondes, il semble s'être rendormi. J'essuie mon front qui perle de sueur. Quelle chaleur ! Il doit faire au moins trente degrés minimum à l'intérieur. Et bon sang, qu'est-ce que ça pue un dortoir de mecs !

Je marche entre les lits militairement alignés et m'arrête devant l'un d'eux. Son propriétaire a éjecté le drap à ses pieds. Son bras est glissé derrière sa tête et sa bouche est entrouverte. Vêtu uniquement d'un caleçon, je regarde son corps fin un instant. Sugaar est assez bien foutu, je le reconnais. Il n'a pas vraiment de pectoraux mais ses abdominaux dessinés ne laissent apparaître aucune graisse. Je m'approche un peu plus et avance la main pour toucher son ventre et voir s'il est aussi dur qu'il ne le laisse paraître.

— Putain ! Qu'est-ce que tu fais là ?

Son air effrayé me fait reculer. Il saisit le drap et se cache le corps. Je secoue la tête.

— J'ai besoin de toi, dis-je en me ressaisissant. Et parle moins fort !

— Tu m'as foutu les jetons !

— Tu es une vraie gonzesse.

Il fronce les sourcils.

— Une gonzesse ! On aurait dit une morte devant mon lit. (Il se redresse) Dans quelle galère veux-tu m'entraîner encore ?

J'entends quelques bruits de tissu et de matelas qui grincent dans le dortoir des garçons. Il compte une cinquantaine de lits mais seulement une vingtaine est occupé. Je m'accroupis. Si on me voit, je suis fichue.

— Aucune. Je le jure ! dis-je en mettant ma main sur le cœur, l'air innocent.

— Mouai...

Il relève un de ses sourcils et tout en ignorant sa mine suspecte, je tire sur son bras. Il ronchonne un peu mais sort paresseusement une jambe du lit puis la deuxième et s'assoit finalement en s'étirant, ses doigts de pieds s'écartant en éventail.

— Il est quoi cinq heures du matin... Tu vas finir par me tuer, se plaint-il.

Il se frotte les yeux puis les ferme et sa tête bascule en avant. J'attends... Il ne va pas se rendormir assis au bord de son lit quand même ! Je lui donne une pichenette sur le front.

— T'fais chier !

— Dépêche-toi ! m'impatienté-je.

— Oui, oui ! Ça va. Laisse-moi cinq minutes le temps que j'émerge.

Il passe la main sur son visage. J'expire exagérément et m'assois à même le sol en face de lui.

— Beurk, tu savais que tu avais un trou dans ton caleçon ?

Je glisse mon doigt à l'intérieur du coton incolore et touche la peau au sommet de sa cuisse. Il lâche un cri de surprise tout en resserrant les jambes d'un seul coup.

— Chuuuuut !

— T'es malade !

J'émets un petit rire étouffé.

— Rhoooo ça va. En plus, je n'ai rien senti !

— Évidemment, je... (Il s'arrête et soupire blasé) Je dois l'emmener chez la couturière, il m'en reste plus que deux pour finir la semaine.

— On est vraiment en train de parler de tes sous-vêtements là !? J'espère que tu les laves au moins, soufflé-je en sentant mon doigt avec dégoût.

Il me dévisage, l'expression sidérée.

— Ava, tu...

— Hummm..., fait un des garçons à demi-assoupi.

Si ça continue, nous allons réveiller toute la pièce.

— Allez, vite...

— Ok, ok.

Il récupère son pantalon et sa blouse grise déposée sur les barreaux au pied du lit. Sugaar est un garçon qui finit sa dernière année de médecine à l'académie médicale tout comme moi. Nous nous sommes rencontrés par hasard alors que je nettoyais le sol du self. Une punition pour avoir crocheté la serrure du garde-manger de l'école.

Lui était dans la cuisine et finissait la plonge. Il était lui aussi en colle pour un truc qu'il n'a jamais voulu m'avouer. Les filles et les garçons ne sont pas censés se croiser dans le vaste bâtiment universitaire ainsi qu'à la cantine. Les plages horaires sont prévues pour ça.

Nous descendons à l'étage où se trouvent les salles de cours des garçons. Je l'entraîne silencieusement dans les couloirs sombres. Le briquet de mon père en guise de lampe torche.

— Je peux savoir ce que tu cherches ?

— Le labo de chimie.

— C'est la prochaine porte sur ta gauche, dit-il en me suivant nonchalamment, le buste super droit alors que j'essaie de me rapetisser comme une souris.

La salle est ouverte mais les produits sont rangés dans une grande pharmacie vitrée sous clé. L'odeur âcre de la pièce due aux nombreuses expériences est presque étourdissante.

Je sors le couteau suisse de mon père.

— Ava, tu ne vas pas... Tu... Ok.

Chez moi, ouvrir les verrous était mon passe-temps favori. C'est devenu un véritable jeu d'enfant. En plus des lectures en tout genre, mes longs moments de solitude m'auront au moins servi à quelque chose.

— Pourquoi tu as besoin de ça ? demande Sugaar en regardant le liquide brun dans le pot transparent que je lui tends.

— Tu n'as pas besoin de le savoir, dis-je en refermant soigneusement le cadenas.

Je me retourne et je comprends qu'il ne lâchera pas facilement l'affaire.

— Ava, tu sais très bien que tu peux te jouer de n'importe qui sauf de moi. D'ailleurs pourquoi je suis là, tu aurais pu trouver cette salle toute se...

Un bruit de pas nous parvient du couloir et on perçoit la lumière baladeuse d'une lampe torche. Nous nous figeons tous les deux, n'osant plus respirer. Sugaar me fait de gros yeux ronds.

— Tu es là exactement pour ça, dis-je en lui faisant un clin d'œil.

— Ava, non... putain, ne fais pas ça !

Je claque mon briquet et sa lumière s'éteint nous plongeant dans le noir. Les pas se rapprochent. Le surveillant entre dans la salle.

— Droite, murmuré-je.

Je remonte le col de mon t-shirt sur ma tête cachant ainsi mes cheveux et dévoilant uniquement mes yeux.

— Je vais te tuer.

— Toilettes des dortoirs, 3, 2, 1...

Je sors en trombe et je sens Sugaar qui me suit, nous faisons tomber deux chaises sur notre passage. Nous désorientons complètement le pion quand nous passons sur ses deux côtés. Comme prévu, je prends à droite et Sugaar à gauche en sortant de la salle de classe.

Je cours à toute vitesse dans les couloirs et me mets à rire. C'est ça que je recherche, exactement cela. L'ivresse d'une course poursuite, l'aventure, le danger... L'adrénaline.

Oui, c'est à ce moment-là que je me sens libre. Libre d'exister. Même si on m'enferme, même si ma vie n'a pas de sens et n'en aura jamais aucun. Je veux avoir l'impression d'avoir vécu quelque chose de palpitant, d'extraordinaire.

Par chance, le surveillant ne m'a pas suivie. Je me mets à marcher et j'arpente bientôt les couloirs de l'étage supérieur, là où doit m'attendre Sugaar. Maintenant il n'y a plus qu'à trouver les toilettes.

Une main se pose sur ma bouche et étouffe mon cri. Un bras entoure ma taille et mon dos se plaque contre un torse sec et ferme. Je me débats comme une folle mais on m'entraîne dans une salle carrelée. Les douches.

C'est lorsque j'entaille avec mes ongles le bras qui me retient qu'on me relâche.

— Merde !

Je me retourne.

— Sugaar !

Il inspecte son bras.

— La vache, tu m'as fait mal !

— Tu l'as bien cherché (Je tends la main dans sa direction) maintenant donne-moi ce qui m'appartient.

Il m'agite sous le nez le précieux liquide.

— Tu rigoles ! Ce n'est pas toi qui a dû semer le pion, heureusement que je cours plusieurs fois par semaine et que j'ai de l'endurance.

Je lève les yeux au ciel.

— Tu parles trop.

Je fais une tentative infructueuse pour récupérer mon bien. Sugaar lève son bras au-dessus de sa tête et malheureusement je suis loin d'être aussi grande que lui.

— Rends-le moi !

— Dis-moi d'abord ce que tu comptes faire de ce nitrate.

— Rien.

— Je peux rester comme ça toute la nuit et devine qui ne sera pas dans son dortoir pour ses tests obligatoires du matin... Toi !

Il a l'air vraiment déterminé et j'ai une envie féroce de le frapper. Je recule et m'assois par terre en prenant appui contre le mur. Je tourne le visage sur le côté en mordillant le bout de ma manche.

— D'abord, pourquoi tu n'as pas demandé aux filles en chimie de t'aider, continue-t-il voyant que je reste obstinément muette.

Je soupire et réponds, maussade :

— Tu sais très bien que je ne m'entends pas avec elles.

Il s'assoit en face de moi.

— Cela se comprend, vu ton sale caractère.

— Ça n'a rien à voir avec mon caractère. Elles ne m'apprécient pas alors nous ne nous parlons pas, voilà tout. Tu comprends que je ne peux pas leur demander de me voler quelque chose...

Il n'a pas l'air compatissant. Il ne me prend pas pour un être fragile ou inférieur. Il sait me remettre en place. C'est ce que j'aime chez lui. De toute façon, s'il s'apitoie sur mon sort ou s'il a envers moi un geste d'affection, je risque de le fuir. Il le sait.

— Alors dis-moi. C'est quoi ton plan.

J'hésite à lui dire. Je n'ai jamais fait confiance à personne. Enfin, si, mais ça remonte à tellement longtemps et j'ai été déçue...

— Le soleil va se lever. Crache le morceau Ivanov.

Il agite le flacon devant moi, les yeux pétillants de malice.

— C'est bon, ça va. Qu'est-ce que tu peux être énervant. Je veux... (Je le regarde droit dans les yeux et je souffle un bon coup) Je veux explorer, Sugaar.

— Explorer quoi ?

— Tout. Voir toutes ces choses que j'ai lues en vrai.

Il fait mine de ne pas comprendre en plissant les yeux.

— Tu veux dire découvrir les choses qui se trouvent derrière le mur, dit-il d'une voix neutre qui me surprend.

Je m'attendais à un chapelet de sermons. Mais non, il ne bouge pas d'un iota, pas le moins du monde surpris.

— C'est extrêmement dangereux, ajoute-t-il calmement.

Je me défends avec véhémence.

— Et s'ils mentaient. Ils nous conditionnent depuis notre enfance à penser cela. Je suis certaine qu'on ne nous dit pas tout. Et j'espère découvrir ce qu'est ce tout.

Je relève le menton, jamais je ne changerai d'avis. Voilà des années que je me prépare pour cela. Et maintenant que j'ai tout ce qu'il me faut, je ne reculerai pas.

— C'est interdit, as-tu pensé aux sentynels ?

Oui. Tous les jours. Malgré moi.

— Sugaar, certains déserteurs ne sont jamais revenus. Ils ont sûrement réussi...

— Ils sont sûrement morts, les autres en prison, me coupe-t-il gravement.

Le mince filet lumineux de l'aube marque ses yeux bleus. Je m'aperçois que sa mâchoire est crispée et qu'il a resserré ses deux poings.

— Je compte juste explorer les environs. Je reviendrai. Personne ne remarquera mon absence.

Il affiche une moue sceptique.

— Et les caméras ?

— Je sais comment contourner le système, crois-moi.

— Je n'en doute pas.

Il me fixe de manière étrange et je fronce les sourcils essayant de deviner ce qu'il pense.

— Je vais te demander quelque chose Ava et comme c'est très rare, tu vas accepter. Si tu décides de partir, j'entends partir définitivement, viens me voir avant.

Ce mot « *définitivement* » me fait frissonner de la tête aux pieds. Il se lève.

— On verra, murmuré-je décontenancée par notre échange qui me met mal à l'aise.

Dire adieu n'est pas mon genre.

— Tu le feras.

Il sort de la pièce sans un mot de plus.

*

* *

Je me prépare lentement ce matin, l'esprit ailleurs. Les filles passent à côté de moi sans me dire bonjour. Seule Emmy, me presse l'épaule.

— On se rejoint devant la cafète après le p'tit déj, Ava ?

Je hoche la tête. Emmy est la seule à m'adresser la parole mais de là à déjeuner avec moi tous les jours... Je ne lui en veux pas. Je sais parfois être très lunatique et peu bavarde.

Je prends le tube fin et transparent relié à l'écran à côté de mon lit. Pas besoin de m'identifier, mon sang et son code génétique parlent pour moi. Je réponds aux questions génériques puis ouvre le sachet de l'aiguille avant de la planter dans ma veine. Je suis le filet rouge qui me quitte et glisse jusqu'au moniteur d'analyse. Les résultats sont envoyés directement au dôme.

C'est un matin comme les autres pour mon dernier jour d'école. Une journée banale, sans joie, ni cérémonie. Pas de surprise, le taux de réussite aux examens dans l'unique université de la ville est de 100 %.

Je finis de me préparer et sors du dortoir puis du bâtiment. Je m'arrête un instant, lève mon visage au ciel et ferme les paupières, profitant de la vitamine D qu'offre le soleil de ce beau mois de juin.

J'ouvre les yeux et deux militaires sont plantés devant moi.

— Ava Ivanov ?

— Oui.

— Veuillez nous suivre.

Chapitre 5

FACE À FACE

Me voilà donc devant cette femme, aux cheveux grisonnants, acariâtre au possible après avoir parcouru les longs couloirs immaculés du dôme et m'être fait minutieusement palpée et trifouillée dans la salle d'examen. Faut-il vraiment des militaires, la matraque accrochée à la ceinture, pour me balader de pièce en pièce ? Oui, sans nul doute car maintenant j'ai envie de prendre mes jambes à mon cou et sortir de ce dôme en tout point sordide.

Et dire que je suis censée travailler ici pour le restant de mes jours... Malheureusement à Généapolis, il n'existe aucune retraite comme aucune échappatoire.

Positive, je suis positive...

Les questions me déstabilisent de plus en plus et le calme de la mégère qui me les pose me fait froid dans le dos.

— Avez-vous été en contact avec des sentynels ces neuf dernier mois ?

Les sentynels... Pas depuis mes treize ans. Pas depuis cette fameuse nuit...

J'avale ma salive avec grande difficulté.

— Non... Je n'en fréquente aucun.

Elle griffonne un truc minuscule en bas de page.

— Pourquoi cette question ? demandé-je en me penchant en avant pour tenter de lire ce qu'elle vient d'écrire.

Mes mains deviennent moites.

— Nous voulons être sûrs.

Les sentynels rodent à l'extérieur des murs, occupés à protéger notre cité des éventuels dangers ou à pourchasser les trop peu nombreux fuyards. Il est extrêmement rare de les voir dans l'enceinte même de la ville. Rares sont celles et ceux qui les ont vus de près.

Une infirmière entre dans la pièce. Mon malaise est grandissant.

— Voici le protocole mademoiselle, vous allez porter ce bracelet jusqu'à nouvel ordre.

L'infirmière s'est approchée de moi et m'accroche au poignet un bracelet en cuir marron à fermeture en métal. Un petit écran en cristaux liquides indique mon rythme cardiaque, ma température et d'autres indications médicales. Je ressens la pointe d'une aiguille se planter dans ma veine.

— Aïe ! C'est quoi ce bordel !?

J'essaie d'enlever ce merdier de mon bras mais les crans m'empêchent d'élargir le bracelet.

— Il est pucé et dispose d'un micro. Nous enregistrerons chaque étape de progression de la procédure, continue la maritorne.

Bon réfléchissons. Mes tests sont positifs, je suis donc hypothétiquement une porteuse.

Ce mot me fait froid dans le dos. J'ai toujours cru faire partie des stériles, des chanceuses. Pas d'ovulation, pas de fécondation, pas de danger de mort. CQFD !

Ok la prochaine étape, c'est l'insémination avec un donneur compatible. J'espère qu'ils n'en trouveront pas. Jamais. Mes mains tremblent à présent. Je n'ai pas vraiment de connaissances sur le sujet mis à part celles apprises en cours. Mon père a toujours botté en touche quand il s'agissait de répondre à mes questions. En même temps, le sujet met tout le monde mal à l'aise.

— Donc là en gros, je n'ai plus de vie privée. Vous enregistrerez mes faits et gestes...

— Affirmatif. Nous enregistrerons tout à partir de maintenant. Vous n'avez plus de vie privée car vous resterez au dôme jusqu'à achèvement de la fécondation et les résultats de viabilité si fœtus il y a. Ensuite, si tout se déroule bien, vous passerez le reste de la grossesse en chambre surveillée.

Le seul mot que je retiens est « fécondation »... Cela veut dire que je suis compatible avec quelqu'un... Une sueur froide glisse de ma nuque jusqu'en bas de mon dos. Je fixe d'un regard morne les papiers qu'elle griffonne devant moi d'un air impassible. Elle remplit tranquillement mon possible arrêt de mort.

J'ai envie de vomir, là maintenant. Sur son bureau lisse et sa blouse trop blanche. Je me lève. La panique s'est définitivement infiltrée en moi. Je suis comme un animal apeuré détenu en cage. Je regarde autour en analysant les murs d'un blanc passé à la table aux pieds en fer rouillé. Tout est vieux, séculaire, démodé. Même les meubles ne sont plus produits nulle part. Tout est devenu œuvres de musée au profit de la science. Nous n'avions pas le choix, la modernité ou la vie de l'homme. Et la survie de l'homme passe par des fécondations forcées et étroitement suivies. Un nœud coulissant semble s'être resserré autour de mon cou et ma respiration devient chaotique. Et dire que j'étais censée prendre mon poste au dôme lundi. Impossible, maintenant j'en suis certaine, si j'échappe à la mort, je ne remettrai plus jamais les pieds ici.

— Je refuse. Voilà, c'est dit. Dites à votre patron que je ne veux pas.

C'est simple non ? On ne me touchera plus. Putain, c'est mon corps ! Et personne ne peut me forcer à faire quoi que ce soit.

— Rasseyez-vous, mademoiselle.

— Je suis claustrophobe. C'est ce que vous lui direz. C'est une pathologie non ? Être claustro ! Cochez la case « dégénérée mentale » dans votre putain de questionnaire !

Elle se lève et fait un signe rapide en direction des militaires. Ce geste ne m'échappe pas.

— Calmez-vous.

C'est tout l'inverse qui se produit. Je m'agite sur un pied puis sur l'autre et bouscule l'infirmière restée dans mon dos. Je me mets derrière la chaise et mes doigts se referment sur le dossier.

— Ne me dites pas ce que je dois faire ! Appelez mon père ! crié-je tout d'un coup.

Je soulève la chaise de quelques centimètres en voyant les militaires s'approcher de moi. S'ils continuent d'avancer, je jure de viser la tête.

— Restez où vous êtes !

Quelque chose me pique la nuque. Mes paupières se ferment et je sombre.

*

**

Je me réveille en sursaut, les poings toujours serrés avec puissance. Je m'assois sur un lit une place au matelas confortable. Je suis enfermée dans une pièce qui ne mesure pas plus de cinq mètres carrés, dépourvue de tout autre meuble. Pas besoin de plus apparemment dans cette petite chambre pratiquement plongée dans le noir.

J'ai l'impression d'avoir été lavée à la Bétadine. Ils ont enlevé l'élastique retenant mes cheveux et ils retombent en masse jusqu'en bas de mes reins. Pourtant, les femmes ont l'obligation de les garder attachés dans l'enceinte de la cité. Ils m'ont également retiré mes vêtements pour me mettre une sorte de tunique noire qui tombe juste en dessous de mes fesses sans culotte.

— Charmant !

Bon sang, et ma poitrine est trop compressée !

Les murs sont rouges comme ceux de l'enceinte quoique que ceux-là tirent un peu plus sur le bordeaux rendant l'atmosphère déroutante. Il fait un froid de canard. La pièce est vraisemblablement climatisée et la température réglée à dix degrés. Les draps ne sont pas assez épais. Les scientifiques du dôme sont malins, très malins. J'imagine qu'un corps à corps, peau contre peau suffirait à me réchauffer.

La fécondation in-vitro est depuis longtemps inefficace alors je ne doute pas un instant de ce qu'ils attendent de moi. Un feuillet au-dessus des draps attend que j'ouvre ses pages mais il en est hors de question. Son titre me rebute, rien qu'à le lire : « Votre devoir »

Nauséeuse, je fixe la porte devant moi pendant de longues minutes. Mes dents commencent à s'entrechoquer. Je me demande si ce n'est pas plutôt la peur qui me colle des frissons sur la peau.

J'entends qu'on déverrouille la porte et mon sang se glace. Rien ici ne peut servir d'arme pourtant mon instinct me crie de trouver quelque chose pour me protéger. Quand la poignée s'abaisse et que le battant s'ouvre, deux soldats laissent passer un homme. Les militaires paraissent ridicules à côté de lui. Ce qui est sûr, c'est qu'ils n'ont pas pu l'obliger à venir ici de force.

La tête à demi baissée, l'homme entre dans la pièce. J'aperçois ses traits de visage malgré qu'il les dissimule à moitié sous la capuche de sa longue veste noire propre aux sentynels. Un sentynel bon sang ! Certaines crieraient au jackpot. Mais en ce qui me concerne mon cœur panique et accélère plus encore ses battements. J'ai peur car maintenant je sais, jamais je ne pourrai échapper à mon sort. D'après les rumeurs, on les fait appeler très rarement pour des raisons que j'ignore mais ils ont la réputation d'être... efficaces.

Il doit mesurer une demi-tête de plus que moi. Son physique est à mon grand désarroi aussi attirant qu'impressionnant. Je crois le voir froncer des sourcils. Ses narines frémissent et ses yeux restent fermés. Il lève enfin le visage, le dévoilant complètement.

C'est le choc de ma vie.

L'être le plus beau qui m'a été donné de voir est devant moi. Ce n'est plus le garçon qui m'a laissée tomber mais un homme comme j'en ai jamais côtoyé. Huit ans que nous ne nous sommes pas vus, huit longues années à faire disparaître toutes traces d'adolescence pour laisser place à une virilité écrasante.

— Aden ?

Quand son regard s'ouvre et se pose sur mon visage, j'en ai le souffle coupé. La couleur de ses yeux change telles des centaines de flammes incandescentes. Cette faculté est encore plus fascinante aujourd'hui.

Son corps se déplie complètement et il paraît plus grand encore. Ses veines gonflent sur ses avant-bras pendant que ses poings se serrent lentement.

Mes souvenirs d'enfance resurgissent en un million d'images, nos bêtises, nos éclats de rire, sa compassion puis elles s'évanouissent quand mon regard fond dans ses yeux passant d'un gris orage à un bleu froid électrique.

Ava, reprends toi. C'est un inconnu aujourd'hui et c'est exactement ce que je lis quand il me regarde.

Il avance et je me positionne un peu plus au fond du lit. L'oxygène a l'air d'être une denrée rare dans cette pièce devenue minuscule.

La porte se referme et se verrouille derrière lui nous laissant seuls tous les deux. Nous nous dévisageons quelques secondes. J'ai du mal à comprendre les émotions qu'il dissimule parfaitement derrière l'expression fermée de son visage. Seuls ses iris me renvoient des foudres lumineuses. Il ferme à demi les paupières avant de définitivement tourner le regard.

— Nous sommes... compatibles, balbutié-je au bord de la syncope.

— Je suis compatible avec toutes les femmes qu'il reste sur ce globe...

Sa voix est grave et rugueuse. Elle produit en moi une sensation physique jusqu'alors inconnue très, très déroutante.

—... tu n'as rien d'exceptionnel, poursuit-il plus bas.

Rien d'exceptionnel ! Si ma mâchoire pouvait tomber par terre, elle le ferait. Il continue :

— Ils m'offrent toujours les femmes les plus attrayantes pour m'appâter. Il semblerait qu'ils aient une fois de plus échoué, lâche-t-il plus fort sans dissimuler son dégoût.

Je reste un instant sans voix en attendant d'assimiler ses propos insultants. Non mais il se prend pour qui ? Belle, je ne sais pas mais je suis loin d'être un laideron ! J'ai imaginé un millier de fois notre prochain face à face et aucun scénario ne m'avait préparée à cela.

Je fais totalement abstraction de sa beauté et le jauge avec animosité.

— Tu ne te souviens pas de moi ? demandé-je avec froideur.

Putain, ce n'est pas moi qui ai ouvert les hostilités ! Il m'observe avec distance.

— Je devrais ? s'enquit-il totalement détaché.

Pourquoi à cet instant, j'ai envie de sauter de ce satané lit, qui donne l'impression que je l'attends comme la dernière des catins, pour lui asséner une gifle dont je suis certaine qu'il n'est pas prêt d'oublier. Maudite soit cette nuisette trop serrée !

— Ava, dis-je d'une voix vibrante cachant mal ma colère.

Il reste stoïque et imperturbable. « Insignifiante ». À cet instant, je me vois comme cela dans ses yeux. À croire qu'il a gommé simplement une partie de sa vie comme si notre passé avait été écrit au crayon à papier au dos d'un brouillon.

— Ava... (Un sourire sans chaleur se dessine sur ses lèvres cruellement belles) Tu vas vraiment être déçue que ce soit moi.

Chapitre 6

DÉSILLUSION

Déçue ? Déçue que ce soit lui ? Évidemment ! Enfin, je crois... J'ai toujours placé Aden à un rang au-dessus des autres. C'était un frère, un ami, mon protecteur. Qu'il me touche signifierait bien plus qu'un acte anodin pour moi, je le sais. On ne parle pas d'embrasser un garçon quelconque mais d'un contact plus intime avec un être qui a compté. Plus intime qu'un simple baiser. Plus intime que cette nuit où je l'ai embrassé et lui répondu avec fougue avant de s'enfuir. Cette même nuit que je n'ai jamais pu oublier et terriblement regrettée. C'était une erreur. Alors non, il ne se passera rien entre nous. Je le refuse.

Je surprends Aden fixant mes mains accrochées au tissu. Je baisse le regard et m'aperçois qu'un bout de l'aréole brune de mon sein gauche est visible. Je remonte vivement le drap sur ma poitrine trop généreuse. Je relève le visage et je suis complètement subjuguée. A-t-il conscience que ses pupilles se sont embrasées ? La tête légèrement inclinée, sa bouche charnue s'est à demi ouverte et la ligne droite de ses sourcils s'est froncée. Tout son corps m'envoie sa puissance et son énergie.

— Aden... je murmure la voix étranglée par une peur qui m'était jusqu'alors étrangère.

Des frissons me caressent la nuque jusqu'en bas de mes reins sous son regard vertigineux maintenant rivé au mien. C'est comme un coup porté en plein cœur. Mon rythme cardiaque s'accélère. Je ne détecte aucunement ses troubles intentions mises à part celles qui indiquent qu'il peut faire de moi qu'une bouchée. Une curiosité pécheresse mêlée à l'inquiétude d'être dévorée se logent au creux de mon ventre. Il avance d'un pas.

— Je refuse que tu me touches...

Il s'immobilise.

— Je n'ai aucunement l'intention de coucher avec toi !

—... et je ne veux... Ah bon ?!

Sa voix est sévère et grave, presque enrouée. Il recule à présent et se ferme. Il cligne lentement des paupières en regardant un point invisible à côté de moi.

Je suis complètement perdue, tout d'abord à cause de son attitude ambiguë puis cette situation rocambolesque.

Qu'est-il censé se passer maintenant ? Avoir un rapport est une obligation il me semble, non ? Il y a peut-être un moyen d'y échapper. Je plisse le front en regardant par terre le maudit manuel que je regrette de ne pas avoir au préalable feuilleté.

— Moi non plus, je n'en ai pas l'intention, pensé-je devoir me justifier.

Son regard percute le mien et il lève un de ses sourcils comme s'il me croyait à peine. Quel connard ! Il est aussi attirant qu'il se veut méprisant.

Et j'ai besoin de ce foutu manuel bon sang ! Ça doit être écrit là-dedans, quelque part. Je sors ma jambe nue de sous les draps, la tend au maximum et essaie d'attraper entre mon gros orteil et le second le feuillet par terre. Aden me regarde faire, je dois avoir l'air parfaitement ridicule.

— Je crois que c'est obligatoire... je murmure pour moi en essayant en même temps de réfléchir sur la tournure burlesque que prend les évènements.

— Les sentynels ne sont soumis à aucune contrainte contrairement à vous.

Il dit cela comme si nous ne venions pas du même monde. Je le dévisage. Certes, tout en lui parait hors-norme et sombre. Il est parfaitement calme et pourtant je le sens animé d'une puissante tension sous-jacente qui ne gâche rien à son attitude troublante. Son visage aux traits bien dessinés mais virils est saisissant de beauté, une beauté sauvage. Il rejette avec ses deux mains sa capuche en arrière qui dévoile une tignasse hérissée, épaisse et brune aux reflets dorés. Je bloque sur lui et il le remarque. Je m'empourpre comme la dernière des niaises avant de détourner le regard.

Il est différent, j'en suis consciente et encore plus aujourd'hui mais nous sommes nés au même endroit, avons grandi et joué ensemble. Nous avons tellement partagé.

— Tu es un être humain tout comme moi.

— Tu te trompes, je suis un hybride, répond-t-il agacé. Et je n'ai rien à voir avec les gens de ton espèce.

De mon espèce !? On lui a fait un lavage de cerveau ou quoi ? Qu'importe qu'il soit moitié homme, moitié autre chose, il est là, dans cette chambre et nous sommes compatibles...

— Je suis désolée mais je crois qu'ils vont nous obliger...

— Penses-tu vraiment que l'on peut me forcer à faire quoique ce soit, me coupe-t-il en me tournant le dos pour se diriger vers la porte et couper court à notre discussion.

Connard et arrogant ! Je ramène ma jambe sous le drap. J'abandonne complètement l'idée de me plonger dans une lecture informative pour combler ma curiosité. J'ai surtout besoin qu'il reste pour qu'on parle.

— Alors pourquoi es-tu là ? S'ils ne te forcent pas pourquoi ils nous enferment tous les deux ?

Il se retourne à peine.

— Tous les deux ? S'ils ferment à clé, c'est pour que tu ne t'échappes pas. Quant à ma présence ici, je te l'ai déjà expliqué, ils veulent m'accoupler avec leurs femmes et j'accepte de me déplacer quelque fois mais pour les satisfaire il faudrait que ces femmes soient à mon goût.

Ça, je l'avais compris ! Il me met dans une rage grandissante. Il s'apprête à frapper pour qu'on lui ouvre la porte. Je ne veux pas qu'il me laisse seule ici alors je le provoque :

— Tu préfères peut-être les garçons ?

Il se retourne sur moi lentement et je fais moins la maligne. Je crispe mes doigts autour du drap. Il sait être intimidant et tellement que tout en moi se contracte. Je ferme les yeux en attendant la correction. J'ai bien essayé d'apprendre le Krav Maga dans un des livres de mon père, mais dans notre société ultra pacifiste aucun moyen de mettre en pratique la théorie d'autodéfense. Et surtout pas sur un homme comme lui au premier exercice.

Voyant que rien ne se passe, j'ouvre un œil puis deux. Il arbore une expression neutre nullement agacée. Ses prunelles se teintent d'un gris proche du noir couvrant ainsi leur lumière. Il avance lentement et je plaque tout mon dos contre le mur. Je retiens mon souffle proche de l'apoplexie.

Arrivé devant le lit, d'un seul coup net, il tire le drap qui me recouvre. Je rabats mes jambes et mes bras contre moi, effarée. J'essaie de cacher comme je peux les parties intimes de mon anatomie. Mes joues se teintent de rouge sous son insolent examen.

Son regard glisse lentement sur le vallon de mes seins puis entre mes jambes nues. J'ai l'impression qu'il est complètement hermétique. C'est humiliant au possible. Il murmure en grimaçant :

— Je n'aurais aucun mal à te démontrer le contraire mais tu ne me donnes pas envie de t'accorder ce plaisir. Tu es comme toutes les autres : désireuse... et lamentablement fade. Cette fois-ci, ne compte pas sur moi pour répondre à tes pulsions... Ava.

Il laisse traîner mon prénom sur ses lèvres. Sa voix est aussi détachée que l'expression glaciale de son visage. Sans que j'en comprenne la puissance, son attitude m'envoie une douleur acide qui reste obstinément dans mon estomac.

— Mes pulsions ?!

Il me rejette le drap en plein visage. Je me recouvre maladroitement avec. Je serre les dents avec l'envie de lui cracher toute ma haine à la figure. Pendant longtemps j'ai pensé qu'il avait fui notre maison pour plein de raisons, même les plus absurdes, mais jamais parce qu'il me détestait.

Ma colère envers lui est si forte qu'elle prend le dessus, même sur la peur de ne plus jamais le revoir. Lentement, je porte à ma bouche mon poignet, celui sur lequel se trouve mon bracelet. Je fixe le seul ami que je n'ai jamais eu et c'est avec une lourde rancœur que je lâche entre mes dents :

— Le mec en face de moi ne veut pas faire son boulot. Appelez-en un autre qu'on en finisse.

Le spectacle de ses yeux change encore une fois de couleur et je jurerais l'avoir vu pincer ses lèvres. Il frappe la porte d'un coup de poing vers l'arrière. Le choc fait trembler les murs.

— J'espère que le prochain aura les couilles que tu n'as pas ! le provoqué-je encore.

Il ne répond pas et ça augmente ma haine. Nous nous jaugeons avec la même hostilité. La tension entre nous n'est pas palpable, elle nous écrase.

Je ne dis plus rien alors que depuis toujours des milliers de questions torturent mon esprit. Et la première : pourquoi m'a-t-il abandonnée ? Je me refuse toutefois de la lui poser. Je me rends compte que ma solitude ne me gênait pas car je pensais qu'on avait ce lien indéfectible et qu'un jour, on se retrouverait.   J'ai   eu   tort.
Il a dans son regard orageux une colère meurtrière. Et j'ai l'impression qu'elle est exclusivement dirigée contre moi.

Alors à quoi bon remuer la poussière du passé. Je me suis trompée sur ses sentiments autrefois protecteurs et fraternels. Il me fait comprendre, encore là maintenant, devant moi froid et immobile, que je n'ai jamais eu la moindre valeur à ses yeux. La porte s'ouvre, il sort tranquillement de la pièce sans un regard en arrière et tout mon corps se met à trembler. Je déglutis. Il m'a laissée une seconde fois.

— Va au diable ! hurlé-je à m'égosiller.

Ava, tu t'es toujours débrouillée. Tu n'as pas besoin de lui, je m'entête à répéter.

La pièce s'est considérablement refroidie après son départ et mes dents continuent leur vacarme en attendant mon prochain amant. Il est hors de question que je me laisse faire. On ne me touchera pas. Je me rends compte que disposer de mon corps est plus important que toutes les autres formes de liberté. Je m'agenouille sur le lit, prends les draps et enroule les deux extrémités dans mes poings. Si un autre homme m'approche, je l'étouffe.

La porte s'ouvre à nouveau et je serre la mâchoire. Je suis prête.

Mais c'est une fille d'à peu près mon âge qui entre dans la pièce. Son expression est fermée. Elle me tend ma combinaison d'étudiante.

— Je peux savoir ce qui se passe ? demandé-je avec méfiance tout en récupérant les habits.

Je descends du lit et les enfile rapidement. Voyant qu'elle ne répond pas, j'insiste :

— Eh !? Pourquoi tu ne me réponds pas ? Vous êtes tous timbrés ici ou quoi ?

Elle me renvoie une mimique hautaine en lâchant sur le lit une boîte sans couvercle avec le reste de mes affaires.

— Tu n'as pas fait le meilleur des effets. Mais ça ne m'étonne pas, j'étais certaine qu'il ne te toucherait pas.

Je ne relève pas. Je suis habituée aux sarcasmes en tout genre. Je retire ma nuisette devant elle et enfile le haut de ma combinaison.

— J'en conclus que personne d'autre ne viendra.

Une clé au bout hexagonal vient déverrouiller mon bracelet.

— Oui, tu peux rentrer, nous te remercions pour ta participation.

Par... participation ! J'hallucine !

— C'est ce que vous dites à toutes les femmes qui viennent de se faire violer ? lancé-je avec ironie en frottant mon poignet.

— Violer ?

77

Elle me regarde attentivement. Je ne réponds qu'en secouant la tête.

— Tu as eu ce sentiment ?

J'enroule mes cheveux au sommet de mon crâne pour les attacher.

— Quand on t'enferme avec un homme que tu ne connais pas pour que son pénis te culbute sans y être invité, je crois que ça s'appelle comme cela.

Je ne suis jamais entrée dans le moule des bonnes citoyennes de Généapolis mais qui serait conditionnée pour un viol ? J'imagine que la loi s'arrête à la porte du dôme. Le viol est interdit mais pas la fécondation obligatoire. Deux termes qui se rapprochent selon moi.

— Tu n'as pas réagi au traitement, murmure-t-elle dans sa barbe en regardant dans le vague.

— Quoi ?

Elle se reprend.

— Rien, laisse tomber.

Elle tourne les talons et je lui saisis le bras.

— Quel traitement !?

— Je t'ai dit de laisser tomber surtout si tu ne veux pas avoir d'ennui. Maintenant, lâche-moi.

Son air hargneux me décourage. Qu'importe, de toute façon, je m'en fous. Bientôt, je quitterai cette maudite cité. Définitivement. Je suis décidée.

Des soldats m'accompagnent jusqu'à la sortie du dôme. La porte se referme derrière moi. Il fait déjà nuit, quelques adultes traînent encore avant le couvre-feu.

L'épée de Damoclès n'étant plus au-dessus de ma tête, le nœud dans mon ventre a presque disparu. J'inspire une grande bouffée d'air, je suis libre et en vie.

Je regarde les murs rouges de l'enceinte. Ils sont loin d'être infranchissables. Je crois que c'est pour donner l'illusion qu'on ne nous retient pas captifs mais n'importe quel animal se terrerait si on lui apprenait à avoir peur à l'extérieur de sa cage.

Je lève le visage sur les grands chiffres rouge dégressifs qui ne me trompent pas. J'en ai des frissons dans le dos. L'espèce dominante vit la fin de son règne, se débattant telle une fourmi battant des pattes inutilement dans une flaque d'eau. Après cette expérience, je suis certaine que nous repoussons avec absurdité l'échéance.

Et quel piètre usage de la vie. À bat la science, les vaccins, les antidotes et les remèdes, je préfère de loin être maîtresse de ma propre mort que d'être une fois de plus la souris dans leur labo.

Je marche jusqu'à la plus grande et imposante tour. Mon plan a changé. Mon évasion imminente se fera à l'extrême opposé d'elle. Je suis prête à vivre mon aventure seule et plus sereine que jamais. Aujourd'hui, plus rien ne me retient ici.

Cette nuit, je serai déjà loin. Loin de tous.

Chapitre 7

L'ÉCHAPPÉE

J'entre dans la vaste chambre de ma mère. Les grands rideaux dorés, fixés tout en haut du mur, descendent sur un parquet en chêne foncé. C'est la seule pièce à avoir gardé un charme pittoresque dans le manoir. Un des murs est totalement recouvert de lambris doré. Mon père croit fortement qu'il s'agit d'une partie de la fameuse et autrefois inestimable chambre d'ambre offerte au Tsar. Elle fut démontée et pillée par les nazis puis a disparu.

Cette œuvre appelée autrefois la huitième merveille du monde, la pendule antique estampillée garnissant la cheminée ainsi que la tapisserie en toile de Jouy semblent avoir figé la chambre dans le vingtième siècle.

Ma mère garde le lit. Cela fait longtemps qu'elle ne tient plus sur ses deux jambes. Son corps est parfaitement droit comme un I. Ses deux mains fragiles sont posées sur son ventre au-dessus des draps. Je m'assois à côté d'elle. Ses yeux noisette se tournent lentement vers moi. Je prie pour qu'elle me reconnaisse ce soir.

— Ma chéric... dit-elle en me touchant le visage. T'es-tu brossé les dents ?

Les mots restent coincés dans ma gorge. Je hoche finalement la tête.

— N'oublie pas de démêler tes cheveux avant de dormir.

— Je le fais tous les soirs, maman.

J'ai l'estomac complètement noué. Je vais avoir beaucoup de peine à la laisser derrière moi.

— C'est bien, c'est bien. Où est notre beau Laurie ? Lui as-tu enfin dit oui ?

Malheureusement et c'est ainsi, elle perd la tête.

— C'est Aden, maman, pas Laurie. Il est parti. Tu te souviens ?

— Oui, bien sûr. (Elle soupire) Toi aussi, tu l'as perdu, affirme-t-elle avec désolation.

Elle regarde dans le vague puis revient à elle.

— Tu es mignonne. (Elle tourne le visage vers sa table de nuit) Sais-tu où se trouve mon livre ? Je le cherche depuis deux jours.

Ses grands yeux tristes croisent à nouveau les miens et m'interrogent. Cela fait cinq ans que mon père lui a repris ce livre prohibé « Les 4 filles du docteur March » car ma mère commençait à faire un transfert de personnalité et s'imaginait être la très bonne Mme March. J'imagine qu'il a eu peur que ma mère dévoile, lors d'une visite fortuite des autorités, qu'il garde des livres dans une grande bibliothèque secrète. Ma mère adorait lire. Aujourd'hui, elle regarde les fresques en plâtre blanc sculptées au plafond.

— Maman, tu sais très bien qu'on a dû s'en séparer.

Ses yeux partent sur un côté puis de l'autre et reviennent pour me fixer.

— Je le sais voyons, me sermonne-t-elle en fronçant ses sourcils.

Je lui caresse le front et prends une profonde inspiration.

— Je vais partir, maman.

Ses doigts se mettent à jouer avec le rebord du tissu.

— Ah bon ? demande-t-elle distraitement comme si cela ne représentait pas grand-chose finalement. Mon cœur se serre.

— Oui. J'ai besoin de découvrir le monde. De vivre ma vie. Je vais tenter de m'enfuir cette nuit. Tu te souviens ? Je t'en ai déjà parlé.

De son index, elle vient caresser le bout de mon nez.

— Tu me fais penser à Jo. Intrépide Jo. Tu es trop audacieuse.

Je surprends souvent cette expression admirative sur son visage quand elle me prend pour Jo. Je soupire. A quoi bon lui expliquer que je ne suis pas une des filles de son roman favori. Je lui prends la main.

— Tu vas me manquer, lui dis-je la gorge serrée.

Elle ne répond pas et son regard regagne le plafond. Notre brève discussion a dû la fatiguer. Je dois sortir maintenant sans quoi mon père me passera un savon mais j'ai du mal à lui libérer la main.

Je caresse ses longs cheveux bruns avant de me lever. J'ai envie de lui dire merci. Merci pour la vie qu'elle m'a donnée et la sienne qu'elle a perdue. Finalement, je me lève et me dirige jusqu'à la porte en me retournant quelques fois.

— Ne rentre pas trop tard Jo, me rappelle-t-elle gentiment avant que je n'ai quitté sa chambre.

Je verrouille tout, tout ce qu'il se trouve sous ma poitrine. Je ne vais pas pleurer, ni ce soir, ni jamais. Mes larmes remontent à si longtemps, mon cœur les a asséchées.

Je parcours le long corridor tapissé de tableaux d'époque ancienne. La grande porte en bois noir moulurée du bureau de mon père est ouverte.

— Papa ? Je peux entrer ?

— Père Ava, me reprend-t-il sévèrement sans me regarder.

Il est assis derrière son bureau. Le halo lumineux de la lampe président éclaire des documents importants vu la mine soucieuse de mon père qui les examine. L'appeler « père » serait comme parler à un étranger. Il n'a jamais cessé de me rappeler de l'appeler ainsi, j'ai toujours désobéi.

— Que veux-tu ? Je n'ai pas beaucoup de temps, dit-il sans lever le visage.

— J'ai été amenée au dôme ce matin.

Il reste le regard rivé sur son bureau.

— Hum...

— Tu savais qu'on m'y emmenait ?

— Oui. J'ai été prévenu ce matin.

Je ne les croyais pas. Dans mon fort intérieur, je ne le voulais pas. Mon père ne m'a jamais ouvertement montré son affection mais il a toujours essayé de me protéger, non ? Son amour se reflétait dans ses gestes. Aujourd'hui, il reste de marbre.

— J'hallucine !

Il souffle bruyamment.

— Ava, c'est la loi et je ne gère pas tout. Je ne régis pas une dictature.

J'entre dans une colère sans nom.

— C'est toi qui a créé tout ça. Ce système tordu ! Ils m'ont mis à poi...

Il tape du poing sur la table.

— Les lois sont les lois ! Que veux-tu que je fasse ! Que je les outrepasse pour toi !

Quel père ne le ferait pas pour son enfant !

— Pour ta fille, oui !!! Tu sais ce qu'ils font là-bas ?!

Le visage tendu, ses deux mains attrapent le rebord du bureau. Son silence est éloquent. Quelle désillusion !

— Bien sûr que tu le sais, je remarque dégoûtée.

La déception dépasse la douleur d'avoir un père comme lui. Tout le monde disait vrai, mon géniteur est un sadique sans cœur. Toutes ces années où il m'a détenue dans sa putain de baraque pour soi-disant me protéger des autres, c'était des salades.

— As-tu fini ? demande-t-il dans une totale indifférence.

Je relève le menton.

— Oui, père !

Il lève les yeux sur moi pour la première fois. Il est surpris et autre chose passe sur son visage. De la satisfaction peut-être.

Je recule en le fixant avec mépris et je quitte son bureau sordide. Ce n'est pas la colère d'une enfant gâtée qui me pousse à tout détruire dans ma chambre mais l'envie de supprimer tous les souvenirs heureux qui pourraient me donner envie d'y revenir. Je ravage tout. Je déchire mes dessins. Casse les jouets en bois que j'ai reçus. Renverse le lit. Je fais un vacarme du tonnerre dans ce grand manoir silencieux.

Le souffle encore rapide, mon pouls s'accélère de nouveau quand j'ouvre le coffre et sors la peluche « créature »...

— *Pourquoi fais-tu cela ? avais-je demandé à Aden en entrant dans sa chambre cet automne-là.*

Aden arrachait les membres de cette pauvre peluche ourson. J'avais à peine six ans, lui dix. Ses cheveux étaient encore d'un brun cendré. Ils poussaient de manière si raide qu'Aden semblait toujours avoir été électrocuté. J'avais beau essayé de les peigner, rien n'y faisait. Ses cheveux voulaient toucher le ciel.

— *Je ne l'aime pas !*

Surprise par le ton de sa voix, j'avais retiré mon pouce de ma bouche et cessé de triturer mes cheveux avec mon index comme à l'accoutumé. Aden semblait être vraiment très en colère. Une colère triste.

— *Pourquoi tu ne l'aimes pas ?*

Son poing avait enfermé un des yeux de la pauvre peluche et déjà, il l'arrachait.

— *Il est bien mieux comme ça !*

Il me présenta la nouvelle bête, l'ourson n'avait plus de bras gauche, ni de pied droit. Ses deux oreilles avaient été sectionnées aussi.

— C'est un cyclope unijambiste maintenant ! Je l'aime trop ! avais-je crié, émerveillée.

J'avais saisi la peluche d'entre ses mains et la serrais fort dans mes bras. Aden avait souri alors qu'on voyait des larmes dans ses yeux. Ce jour-là, ils étaient d'un vert profond.

— Tu crois qu'on peut lui coller la queue de mon singe et la corne du rhinocéros. C'est pour qu'il puisse se cacher si on l'attaque ou se défendre. Et puis on va le recoudre. J'aime pas voir son intérieur.

Aden avait acquiescé silencieusement. J'avais commencé à jouer avec la peluche et à imaginer sa vie. Une vie extraordinaire. Aden avait continué à me regarder assis au bord de son lit.

J'arrive en dessous de la fenêtre de la chambre du dortoir des garçons. L'un d'eux est appuyé contre elle.

Je récupère un petit caillou par terre et le lance. Il touche le verre directement, le gars se retourne et il ouvre un des battants.

Je lui demande, à l'aide de notre langage silencieux, d'aller chercher Sugaar. Il s'exécute en me gratifiant d'un clin d'œil. Je grimace.

Sugaar apparaît. Il retire la clenche et ouvre le second battant.

— Ivanov ? souffle-t-il la mine inquiète.

Je signe :

— *Je pars.*

— *Attends.*

— *Non, Sugaar, je n'attends plus. Je pars. Maintenant.*

Il laisse ses bras retomber et hoche la tête silencieusement. Je baisse la mienne. Une petite douleur me pince le cœur mais je dois y aller car l'aube ne va pas tarder. Je me retourne et quitte la cour sans un regard en arrière.

Bizarrement, beaucoup de soldats sont de sortie ce soir. L'agitation et la nervosité s'entendent dans leurs voix.

— Les troupes de la tour sept sont prêtes, dit un soldat à un autre qui vient d'arriver près de lui.

— Les sentynels sont en digression, nous pouvons y aller.

Je crois un instant que ce sera plus compliqué que prévu mais ils rejoignent tous le centre de la cité me laissant le champ libre.

J'arrive devant le mur. Mon sac sur les épaules, je le grimpe agilement. Arrivée au sommet, je passe une jambe puis l'autre. Je reste assise quelques secondes. De ce côté-là, une forêt épaisse qui a repris ses droits sur le béton de la ville s'étire devant moi à perte de vue. Le soleil pointe à l'horizon. C'est le moment. J'ai bien étudié mon périple. Le jour est plus sûr que la nuit. Mon cœur frappe avec force dans ma poitrine. Mes doigts se mettent à trembler.

Ne regarde pas en arrière, Ava. Plus jamais.

Je saute le mur d'enceinte. Mes deux pieds touchent enfin le sol de l'extérieur. Une douce frénésie s'empare de moi et mon cœur bat encore plus vite.

Je n'ai pas peur ou presque... en fait mon corps continue de trembler un peu. J'essaie de faire ralentir mon rythme cardiaque. Je me concentre sur l'essentiel : ma liberté. Mon regard se perd maintenant dans la nature qui s'offre à moi.

La puissante alarme retentit dans toute la cité. Je ne comprends pas. J'ai pourtant pris toutes les précautions. Je connais par cœur les systèmes de sécurité.

J'entends des hommes crier et s'agiter derrière le mur. On va me poursuivre. Bon sang, les sentynels ! Je sors de mon sac, mon couteau et ma bombe artisanale en tremblant de plus bel. Je me mets à courir vite et encore plus vite. J'ai beaucoup d'endurance, je me suis entraînée pendant des heures. La végétation est maintenant très dense et plusieurs branches me fouettent le visage.

Je cours plus rapidement encore. L'adrénaline me donne des ailes et je fonce droit devant moi.

Chapitre 8

LA SOLITUDE D'UNE ÉTOILE

Le feu de bois est assez simple à allumer dans l'ancienne cheminée du salon de cette maison abandonnée. Il y a souvent des magazines cachés sous les matelas que j'utilise comme combustible. La plupart sont destinés à un public masculin. Ça ne me choque pas, à une autre époque s'exhiber dénudé n'effarouchait personne. A ma grande surprise, je trouve des livres aussi. Ma dernière trouvaille, une pépite en très bon état qui a rejoint ma collection : « Le comte de Monte Cristo ».

Il ne fait pas spécialement froid mais la nuit apporte son lot d'angoisse. J'avoue ne pas faire la maligne une fois qu'elle est tombée. La seule lumière de mon briquet réveille des ombres fantômes sur les tapisseries centenaires. Le doux crépitement, produit par le bois qui se consume, a au moins pour bénéfice de combler le silence inquiétant.

Je sors la petite couverture de mon sac à dos et l'étale sur le sol. Le canapé est sans aucun doute ravagé par les mites et les bestioles en tout genre alors je préfère de loin le carrelage dur mais plus sain. Je prends ma carte de l'ancienne Europe où j'ai tracé mon chemin et mes haltes. Je l'étale sur la table basse. Ma boussole m'indique dans quelle direction je dois me diriger demain. J'ai parcouru quelques kilomètres déjà. Une cinquantaine depuis trois jours. Je n'avance pas très vite. Le terrain est très escarpé et la forêt dense. Je n'ai encore croisé aucune âme qui vive mis à part des insectes répugnants ou quelques lapins. Je sais pourtant que le danger est présent. Partout où il y a des proies herbivores, se trouve des carnivores aux dents acérées.

Je déchire le plastique de ma dernière barre de céréales. Même si la faim me tenaille le ventre, j'en coupe un morceau que je laisse pour demain matin. Il est hors de question que je fasse demi-tour. J'aurais cru la chasse plus facile mais les pièges que je place le soir ne fonctionnent que très rarement. Je vais devoir apprendre à rationner mes provisions.

Je casse une chaise abandonnée dans l'ancienne cuisine et alimente une seconde fois le feu. Je me couche et regarde les flammes. Mes yeux se ferment.

— *Ze veux avoir un ranch avec des zevaux, des poules, des lapins et des p'tites brebis, ah voui et une vasse aussi, pour le lait, lui avais-je avoué en zozotant un peu, le pouce entre mes dents tout en triturant mes cheveux.*

— *Une ferme quoi, avait conclu Aden distraitement.*

Il était étendu sur le dos, les deux mains derrière la tête.
Il regardait la nuit qui était tombée entre deux planches du toit
de notre cabane.

— Oui, c'est ça. Un endroit parfait où il ne fera zamais
trop chaud, zamais trop froid. Et devant, il y aura un petit étang
propre où on pourra se baigner avec les canards et leurs
canetons.

— Qui « on » ?

— Et bem, toi, moi et Créature, avais-je affirmé en
brandissant la pauvre peluche devant ses yeux.

— Hum...

Il avait repoussé Créature qui lui barrait son champ de
vision. Je m'étais agitée sur son ventre sur lequel j'étais assise,
excédée par son indifférence. Comme d'habitude, je faisais la
conversation toute seule.

— Tu ne dis jamais ce que tu penses ! m'étais-je
exclamée.

— Et toi, tu parles trop. Et puis, descends de mon bide,
tu as le cul pointu !

Il avait essayé de me dégager en posant ses mains sur
mes côtes, juste en dessous de mes bras mais mes jambes se
cramponnaient à ses hanches et mes mains à son cou comme
une sangsue. Il avait laissé retomber sa tête contre le sol, en
soufflant.

— Tu me fatigues. Tu ne peux pas te débrouiller toute seule ?

Je me suis redressée pour le regarder bien en face mais ses yeux s'étaient plissés et fixaient à nouveau le ciel au-dessus de ma tête. Ils avaient pris une lueur spéciale. Celle d'un garçon découragé. Une tristesse m'avait alors compressé le cœur.

— Pourquoi veux-tu que je me débrouille toute seule ? lui avais-je demandé avec inquiétude.

Il avait soupiré longuement.

— Laisse tomber.

Je ne sais pas pourquoi, mais déjà à ce moment-là, je savais au fond de moi qu'il avait choisi un destin dans lequel je n'avais pas ma place. Pourtant, je m'accrochais à l'espoir qu'il m'aimerait plus fort que ses ambitions.

— Aden, dis-moi à quoi tu penses ?

Il avait pris de longues minutes avant de répondre. Avec le recul, il avait cherché sans doute une façon de me dire que notre lien n'existait pas.

— Elles paraissent toutes semblables vu d'ici.

— Quoi ? avais-je demandé.

— Les étoiles.

J'avais quitté son abdomen pour m'installer à côté de lui et regarder ce qui pouvait bien être si intéressant dans le ciel.

— *Je crois qu'elles le sont. Dans un des livres de mon...*

— *Tais-toi.*

Il avait pris une profonde inspiration exaspérée avant de continuer.

— *Elles semblent uniformes pourtant certaines sont plus petites et d'autres plus grandes. Elles sont parfois rouges, d'autres jaunes ou bleues mais d'où nous sommes, nous ne le voyons pas... Comme elles se ressemblent, nous pouvons penser qu'elles ont besoin des unes et des autres pour briller. Mais c'est faux, elles font leur chemin et ne dépendent de rien, ni personne.*

A l'époque, je n'aurais jamais imaginé qu'il parlait de notre relation en utilisant une métaphore et malgré toute l'innocence de mes neuf ans, j'avais fini par dire :

— *Je crois plutôt qu'elles sont tristes de vivre toutes seules. C'est pour cela que même si tu les vois encore briller, elles sont déjà mortes.*

Il s'était alors retourné, m'avait longuement regardée. Je n'aurais su dire si ses yeux étaient plus lumineux que la lune au-dessus de nous. Finalement, il avait passé son bras sous ma nuque. J'avais profité de ce rare instant de tendresse qu'il m'offrait pour me coller très fort contre lui.

— *Tu es trop sensible Ava et trop intelligente. Les deux te feront du mal.*

— Ne bouge pas ou tu es morte.

Je reste pétrifiée, je lève mes deux mains. La voix de l'homme derrière moi m'est totalement inconnue. Il m'a surprise au moment où je quittais la maison dans laquelle j'ai passé la nuit. Il s'approche de moi et j'ai des frissons partout. Il est maintenant dans mon dos. Tellement proche que son haleine titille mes narines. Elle sent l'hémoglobine.

— Que me voulez-vous ? demandé-je mal assurée.

— Tu as quoi dans ton sac ? Des trucs à manger ?

Je n'ai pas l'impression qu'il est très grand, peut-être n'est-il pas très fort mais il ne rigole pas. Son ton est celui d'un homme qui lutte pour sa survie donc prêt à tout. Je baisse le visage et suis des yeux ses mains qui me tâtent la poitrine avec un peu trop de zèle, ensuite les hanches puis les poches vides de ma combinaison. L'homme cherche une arme qui se trouve être dans ma main. Les siennes sont tachées de sang. Je frémis à cette vue morbide mais qu'il me les présente désarmées est une erreur monumentale...

Il tâte mon sac. Je ne sais pas s'il est accompagné mais je tente le tout pour le tout.

J'essaie de calmer ma respiration pour me concentrer sur ce que je vais tenter de faire. Je profite qu'il me retire le sac des épaules, je pousse un cri pour me donner le courage d'une guerrière et je lui plante mon couteau dans sa cuisse rapidement et à deux reprises.

Il pousse un hurlement strident et je me dégage des lanières de mon sac à dos qu'il garde encore dans une de ses mains. Je fais quelques pas en avant.

— Rends-moi mon sac espèce de taré ou je te tue ! crié-je conquérante en me retournant, mon couteau Suisse le visant.

Ma joie est de courte durée. Ce qui m'effraie est son visage complètement difforme et tuméfié à la limite inhumain.

— Oh putain !

Perdant toute confiance, je fais volteface et me mets à courir. Je suis agile mais il court bien plus vite que moi, même gravement touché à la jambe.

Je cours entre les buissons et les plantes qui s'accrochent parfois à mes pieds. J'arrive à le garder à distance grâce à mon agilité. Je passe entre les arbres, saute au-dessus des talus. Mais il se rapproche. Je me dégage quand il arrive à m'attraper. La peur s'empare définitivement de moi quand je prends conscience qu'il ne se fatigue pas.

Je me mets à pousser des cris. Des cris de terreur qui trouvent leur écho dans la forêt. Je les sais inutiles. Il y a ce moment, un court-circuit dans une partie du cerveau, celui qui t'annonce qu'il n'y a plus assez d'adrénaline pour continuer. Cet instant planant où tu as pleinement conscience que si tu relâches tes forces, tu perds la vie.

Je n'ai pas vu le vide se présenter, impossible de stopper mon élan. Comme si le temps était figé, mon cœur s'arrête, ma respiration se bloque et je fais une chute vertigineuse d'une dizaine de mètres. Quand mon corps entre en contact avec l'eau, une douleur me saisit immédiatement la hanche puis les côtes gauches. Je hurle et j'avale la tasse me faisant paniquer bien plus que la terreur de ma course poursuite.

Le courant puissant de la rivière me fait percuter un tronc coincé entre deux pierres. Ma vue se brouille et j'ai du mal à rester en surface. Je ne sais pas nager. L'eau n'est pas très profonde mais assez pour que je me noie. Je repousse le sol à chaque fois que je l'ai sous mes pieds mais plus je me débats plus je me fatigue. Le courant est de plus en plus rapide. Mes mains ne s'accrochent à aucun des rochers à ma portée. Ils sont recouverts de vase les rendant insaisissables. Je me laisse diriger comme un pantin désarticulé, je ne maîtrise plus rien.

Tout à coup, j'entends quelqu'un siffler le long de la berge puis le cri perçant d'un oiseau sur l'autre rive. Un homme court et saute de rocher en rocher aisément et aussi rapidement que ma course folle dans l'eau. Je comprends qu'ils sont plusieurs mais que seulement deux arrivent à me suivre. Force et agilité les caractérisent. Une capuche sur la tête, leurs habits noirs ne laissent aucun doute sur leur identité. Ce sont des sentynels. Mon cœur s'échappe de ma poitrine, la surprise me fait une nouvelle fois boire une grande quantité d'eau. Et un instant, je me demande si me noyer n'est pas un destin plus réjouissant que de tomber entre leurs mains. J'agite mes membres avec plus de vigueur sous la panique.

Après un énième effort, mes pieds repoussent le fond. Je refais surface et devant moi, le courant est tellement déchaîné que l'eau mousse par endroit et j'aperçois un embâcle. Je vais m'écraser sur les rondins de bois qui font barrage naturel. Un barrage pour moi mortel.

Les deux hommes ont l'air déterminé et courent vite mais il faut se rendre à l'évidence, je suis perdue. Encore quelques secondes et je vais heurter le bois.

J'entends à nouveau siffler et l'homme de gauche s'arrête d'un seul coup. Le terrain ne lui permet plus d'avancer sans doute. Je tourne mon visage et je vois le sentynel de droite accélérer et me dépasser sur la berge. Il prend un dernier appui sur une pierre. Il fait un saut dans les airs et plonge dans l'eau. Notre impact est immédiat et calculé. Il me coupe le souffle. Je suis plus qu'une petite boule maintenue dos contre lui. Il me ceinture fermement le corps à l'aide de ses bras et nous continuons à être emportés. Le barrage n'est plus qu'à un mètre de nous. Je ferme les yeux, tend mes muscles, me préparant à l'impact imminent.

Le choc de nos corps contre les rondins est d'une violence telle que j'entends le bois craquer. Je me demande même si ce bruit ne provient pas de mes os. L'homme m'a protégée en utilisant son dos comme bouclier. Un râle s'est échappé de sa gorge. Ma respiration est bloquée et il me faut plusieurs secondes avant de pouvoir à nouveau m'oxygéner correctement. Je crois un instant qu'on se fait aspirer sous l'eau mais il nous maintient en surface. Une de ses mains est accrochée à une branche solide.

Je sens son buste se soulever rapidement par l'effort. Je regarde son bras qui me maintient juste sous la poitrine. Il est fort. Ses pectoraux se gonflent contre mes omoplates.

On me tend une main mais j'hésite à la prendre et rester dans les bras solides et protecteur de mon sauveur. On m'agrippe alors le haut de ma combinaison et rapidement, je suis soulevée dans les airs. L'homme me porte dans ses bras et marche sur le bois entassé jusqu'à ce qu'il me repose sur la terre ferme. Le temps que je reprenne mes esprits, je suis devant un homme que je ne connais pas. Il a les cheveux longs et noir comme les plumes d'un corbeau. Son visage est grave et ses yeux sont d'un marron noirâtre. L'allure fière, ses traits ressemblent à ceux des indiens d'Amérique, une espèce humaine disparue. Ses bras sont un peu écartés de son corps vu sa carrure imposante. Le torse bombé, il me dévisage étrangement.

— Je pouvais y arriver, bon sang ! crie la voix d'un autre homme à ma droite.

Je ne le regarde pas car mes yeux sont rivés à l'homme qui vient de me sauver la vie et qui sort de l'eau sans peine.

J'ai juste le temps de prononcer son prénom avant de perdre conscience.

— Aden...

Chapitre 9

LE CYGNE

— Ava ! hurle mon père dans les couloirs du manoir.

J'entre en courant dans la chambre d'Aden. Lui, est déjà debout, il me fixe avec cet air contrarié. Ce même air qui cache mal la peur.

— Qu'est-ce que tu as encore fait... murmure-t-il tout bas.

Je me réfugie dans son dos et récupère sa main dans la mienne tremblante. Il se dresse comme un rempart devant la porte. Sa main tremble un peu elle aussi.

— Ava !

Mon père se rapproche et mon ventre se crispe d'anxiété. Je me serre tout contre son dos. J'espère naïvement que son ombre me cachera.

— Aden, j'ai peur.

Il resserre sa prise autour de mes doigts.

— Je sais.

La porte s'ouvre en grand et c'est un père furieux qui marche jusqu'à nous. Il attrape Aden par l'épaule. Il essaie de *me saisir également mais je reste derrière Aden qui fait tout pour me protéger en s'imposant face à lui.*

— Aden, arrête bon Dieu !

Malheureusement, du haut de ses quatorze ans et même s'il est déjà grand, Aden ne peut empêcher mon père de m'attraper par le col. Il me secoue tellement que ma tête part d'avant en arrière comme si elle était maintenue par un ressort. Il nous tient Aden et moi à bout de bras, nos mains sont toujours accrochées l'une à l'autre.

— Lâche ma fille immédiatement, tu m'entends ! vocifère mon père, le visage transformé en une furieuse grimace accentuée par des vaisseaux sanguins visibles sur son front.

Aden relève le menton et il bombe bravement son torse d'adolescent pendant que je lève mon bras pour me protéger le visage.

— Je n'ai rien fait !

— Tu n'as rien fait ?! Tu es encore entré dans mon bureau ! Tu as cassé le stylo plume de ta grand-mère !

Les stylos plume sont très rares. Nous n'écrivons qu'au crayon. Voilà pourquoi mon père est dans une colère noire. Il me secoue encore.

— Que faut-il que je fasse ! Que je t'enferme dans ta chambre !

— Nan ! Nannnn !!! Ce n'est pas moi !

Ma voix n'est qu'un cri aigu et strident. C'est un mensonge, il le sait. Je me mets à pleurer, la bouche grande ouverte. Je n'arrive plus à contenir le désespoir qui me submerge. Je suis toujours enfermée. Je suis toujours malheureuse.

— C'est moi ! C'est moi ! C'est moi ! crie Aden en me lâchant la main tout en s'arrachant de la prise de mon père pour aller se réfugier sous son bureau. Mon père l'a suivi du regard jusqu'à sa cachette.

Je mordille mes deux poings en attendant le châtiment mais la colère de mon père contre moi a partiellement disparu pour se projeter sur Aden.

— Tu veux vraiment faire cela ? Tu en es capable ? En es-tu sûr ? demande mon père à Aden d'une manière étrange et de cette voix qui me fait frissonner de la tête aux pieds.

Aden hoche doucement la tête.

Ses yeux furieux reviennent sur moi et ils me détaillent rapidement avant de me lâcher et faire de grandes enjambées jusqu'à Aden. L'instant d'après, mon père le saisit et traîne le garçon à travers la maison. Il est brutal avec lui. Il l'a toujours été. Nos punitions ne se ressemblent pas.

Créature dans mes bras, je les suis en sanglotant, le nez dégoulinant de morve tout en hoquetant bruyamment. Les mots restent coincés dans ma gorge, bloqués par la peur. Le regard d'Aden ne me quitte pas jusqu'à ce que la porte du bureau se referme sur eux.

Je fixe mes doigts tachés de l'encre noire si précieuse. Je n'ai pas pu remettre le stylo à sa place. Il est tombé de mes mains et la plume fragile s'est déformée. Je voulais juste écrire un mot pour mon père. Un mot gentil.

La cravache s'abat encore et encore sans s'arrêter. J'entends les coups fouetter l'air avant de s'écraser sur la chair et se répéter. Mon père dit que cet objet ne laisse pas de trace mais c'est faux. Même s'il ne saigne pas, j'ai déjà vu les marques rouges et boursoufflées sur les bras et les mains d'Aden. Sa souffrance étouffée, il se mure dans un silence courageux. Je ressens chaque coup qu'il lui donne dans mon estomac, ça me brûle et je me tords en deux, fermant les yeux à chaque nouveau heurt. Je gémis et enfin je commence à parler. D'abord doucement puis de plus en plus fort, jusqu'à hurler :

— Arrête papa, arrête. Je t'en supplie. Arrête de le frapper. Pitié. Arrête ! Arrête ! Papa.

Mais mon père ne m'entend pas. Je n'arrive qu'à distinguer sa voix comme un inintelligible murmure et son souffle qui se fatigue. Les coups pleuvent et j'ai l'impression que cela ne se terminera jamais.

Et puis je cède, j'avoue derrière la lourde porte en bois :

— C'est moi. C'est moi. Je jure que c'est moi qui ai cassé ton stylo. Je n'ai pas fait exprès.

Oui, j'avoue mais pas assez fort, je le sais. Il continue encore et je me bouche les oreilles.

Au bout de minutes incroyablement longues, mon père ouvre enfin la porte. Le blanc de ses yeux est strié de fines veines rouges éclatées. Ses cheveux bruns, collés entre eux par la sueur, couvrent son front. Son expression montre deux visages. Celui d'un fou satisfait qui s'est défoulé puis celui d'un homme saint d'esprit qui a accompli une chose juste. Je ne sais pas lequel des deux me terrifie le plus. Là, il sourit un peu et la cravache toujours en main, il chasse Aden hors de son bureau.

Je recule alors que je pense recevoir une correction à mon tour mais comme d'habitude mon père claque la porte une fois Aden sorti et il s'enferme à double tour sans m'adresser un seul regard.

On dirait que des larmes ont coulé sur les joues d'Aden et qu'il les a essuyées. Malgré sa peau mate, ses joues sont un peu teintées de rouge.

— Je te demande pardon, dis-je tout doucement en me remettant à sangloter.

Il passe à côté de moi. Je baisse les yeux en serrant plus fort Créature dans mes bras.

— Je n'ai pas eu mal, Ava.

Il ne m'a pas adressé un seul regard. Je le vois juste s'éloigner dans le couloir. Il rejoint sa chambre, les bras encerclant son corps, le dos courbé.

*

**

Mes yeux s'ouvrent d'un seul coup et je tourne la tête à droite et à gauche totalement paniquée. Je crois encore vivre mon rêve mais mes yeux fixent le plafond étranger au-dessus de moi, plus principalement les petits spots comme on en trouvait autrefois dans les villas. Mon cœur bat comme si je n'avais pas cessé de courir. Comme si je fuyais encore. Mais ce n'est pas l'effort qui me met dans cet état mais une peur soudaine de ne pas savoir où je suis.

Je ressens comme des fourmis courant sur mon ventre. J'ai reçu une anesthésie locale sur tout mon flanc gauche. Je repose sur un canapé en cuir brun et un drap suspect me recouvre. J'observe un instant la commode blanche et poussiéreuse devant la fenêtre à la persienne rabaissée. Une araignée descend tranquillement le long de son fil et s'arrête juste devant mes yeux. Je louche sur elle et ses pattes velues avant de m'écrier :

— Putain, c'est dégueulasse !

Je me lève d'un bond en me drapant le corps. S'il y a une chose à apprendre en survie est de se tenir loin des bactéries et des bestioles en tout genre surtout quand on a la peau partiellement entaillée. Je lève le tissu pour examiner le travail. Des points de sutures ont été faits par un médecin à en croire leur précision.

Quelqu'un tape à la porte et je me mets à réfléchir aussi vite que possible. Je dois trouver un moyen de sortir, la fenêtre peut-être. Je contrôle ma tenue et le constat est navrant. Je suis à poil.

La porte s'ouvre sans s'être déverrouillée. Emmy entre dans la pièce puis s'arrête net à quelques mètres de moi. Je la dévisage interloquée.

— Emmy ? Ils m'ont ramenée... je constate avec dépit.

En voyant l'état de la pièce, j'étais persuadée d'être toujours en cavale. À Généapolis, une excellente hygiène et la propreté font parties des principes fondamentaux à suivre.

Le visage d'Emmy est fermé et elle semble plus distante que d'habitude. Une telle hostilité entre nous est extrêmement déstabilisante car en aucun cas familière.

— Non. Tu es toujours à l'extérieur de la cité.

J'ai envie de hurler de joie mais je me contiens en maintenant les draps plus fermement entre mes doigts. Je fronce les sourcils.

— Je ne comprends plus rien. Qu'est-ce que tu fais ici ? Où sont mes fringues ?

Elle garde le silence et je la suis des yeux pendant qu'elle traverse la pièce.

— Putain tu m'expliques ?! je m'énerve.

— Tes habits sont là, dit-elle en marchant jusqu'à une chaise où reposent mes vêtements. J'ai dû te les retirer car tu étais complètement trempée.

Elle me les tend et je les récupère avec plaisir.

— C'est toi qui m'a fait ces sutures ? demandé-je en laissant tomber le drap sur le sol pas le moins du monde gênée par ma nudité.

— Oui, c'est moi.

— Beau travail, merci.

J'excellais dans ce domaine, j'étais même major de ma promo en chirurgie. Je n'aurais pas laissé n'importe qui me toucher. Elle hoche simplement la tête pendant que j'enfile ma combinaison.

— Tu peux me dire où je suis ?

— Nous sommes dans l'un des quartiers extérieurs des sentynels.

La chambre n'est pas vraiment coquette, les murs sont blancs, le mobilier neutre. Il s'agit d'une maison ordinaire, rien à voir avec un bunker ou un abri militaire.

— Ils pourraient y faire le ménage, maugréé-je en refermant la fermeture Éclair jusqu'à mon cou.

— Je t'assure que les draps sont propres. Nous ne voulons pas laisser de trace de notre passage, voilà tout.

De leur passage ?

— Tu peux m'expliquer ? J'ai du mal à suivre. Tout d'abord, qu'est-ce que tu fais à l'extérieur du mur avec eux ?

— Je ne suis pas sûre d'avoir le droit d'en parler. J'ai été recrutée. Nous avons quitté la cité. C'est tout ce que tu as besoin de savoir.

Les sentynels quitteraient Généapolis alors qu'ils sont censés en être les gardiens. C'est totalement absurde. Je lace mes chaussures tout en relevant les yeux, la mine soupçonneuse.

— Nous sommes ici depuis deux jours. Nous avons dû faire une halte et ce matin, ils t'ont trouvée, ajoute-t-elle sur un ton moins formel.

Elle me sourit légèrement et la tension s'efface quelque peu.

— C'est un peu juste comme explication mais je vais m'en contenter. Je n'ai pas le temps de discuter avec toi, il faut que je reprenne la route.

— Je ne crois pas qu'il te laissera partir.

— Qui ? demandé-je en refaisant ma queue de cheval.

— Le leader des sentynels.

Alors les supers, dangereux, extraordinaires sentynels ont un chef... Ça ne m'étonne qu'à moitié. Ils sont comme le commun des mortels, ils ont besoin d'être dirigés.

— Qu'importe, je ne lui laisse pas le choix.

Mes deux doigts écartent les lames de la persienne et je scrute à travers la fenêtre. Il n'y a personne aux environs mais malheureusement nous sommes à l'étage et si je saute, je ne donne pas cher de mes os et une fracture n'arrangera rien à mon affaire.

Pourtant, il faut absolument que je récupère mon sac et surtout mon couteau perdu dans ma course. Je repense à l'homme rencontré dans la forêt et des frissons me traversent le corps. J'essaie de ne pas trop réfléchir à qu'est-ce qui ce serait passé s'il m'avait mis la main dessus. Je me mordille l'intérieur de la joue à cette pensée qui balayerait le courage des plus téméraires.

Je vais devoir être plus discrète. Quitte à ne plus faire de feu même si cela ne m'enchante guère. Le stress prend un peu plus de place. Plus de place que je ne l'aurais voulu car le chemin est encore long.

— Ils t'ont entendu crié, que s'est-il passé ? demande Emmy en désignant ma combinaison complètement arrachée par endroit. Je baisse le visage et aperçois un bout de tissu de mon soutien-gorge. Je souffle avec irritation.

— J'ai croisé un homme. Enfin, si on peut l'appeler ainsi, dis-je tout en me boudinant le menton afin d'examiner les pans arrachés.

En croiser un n'est pas vraiment une surprise. J'étais certaine que la vie ne s'arrêtait pas aux murs intérieurs de la cité.

— Tu as pris beaucoup de risques. Je ne crois pas que tu puisses survivre seule. Je peux lui demander que tu restes avec nous. Un autre médecin ne serait pas du luxe.

— Ne te donne pas cette peine. Tu lui diras merci pour tout mais je dois y aller. (Je me dirige vers l'entrée) J'ai encore du chemin à faire et..

J'ouvre la porte et ma voix s'éteint pour ensuite s'écrier :

— Oh la vache..., qu'est-ce que tu es beau !!

J'entends Emmy soupirer derrière mon dos mais je reste obnubilée par la perfection même sous mes yeux. Juste devant le palier en habit de sentynel de couleur blanche.

— Quel cri du cœur ! plaisante l'Apollon devant moi, un demi-sourire aux lèvres.

Cette bouche qui a l'air si douce et tendre... Je me laisse un instant succomber à des rêves qui deviennent quasi érotiques. Putain mais je deviens la dernière des cruches. Ce qui me sert de vagin est en train de pulser en sa direction et mon cerveau n'a plus du tout envie de partir.

L'homme s'approche et je recule jusqu'au milieu de la pièce. Une fois assez près, un de ses doigts me relève le menton. Il susurre d'une voix aussi pure que du Crystal :

— Tu es une très belle réalisation, si j'avais su, je n'aurais pas attendu devant la porte. Je m'appelle Deneb, pour te servir.

Je reste sans voix. Si j'avais un idéal masculin ce serait lui. Je déglutis car bordel, je n'ai pas besoin d'en avoir un. Je reprends un peu d'aplomb.

— Euh ok, bon tu es bien mignon mais ne me touche pas.

Ma voix se voulait brutale mais elle est complètement niaise et un brin mielleuse. Écœurant !

— Mignon... ?

Il parait surpris puis éclate de rire. Un son si mélodieux qu'il m'étourdit un peu. Spontanément et sans aucune raison, je dis :

— Oh oui.

Je ne comprends rien à ce qu'il m'arrive. M'a-t-il posé une question ?

— Oui à quoi ma belle ? (Son visage se rapproche du mien et j'en découvre toute l'étrange perfection) Oui, tu veux poser tes lèvres sur les miennes ? Commence par ça. Fais-le, crois-moi, tu ne le regretteras pas.

Je fixe sa bouche puis ses yeux. Sa bouche, ses yeux... Je vais l'embrasser car j'en meurs d'envie.

Décision prise, je verrouille mon regard au sien comme je fais toujours. Je remarque que ses iris se mettent à modifier leur couleur. Ses lèvres paraissent même changer de forme pour sembler plus épaisses. Sa peau devient plus mate. Son nez plus droit. Son regard plus dur. Ses prunelles passent du vert au gris puis à un noir glacial comme ceux de l'homme plus imposant qui vient d'entrer dans la pièce. Je suis maintenant ses mouvements avec une extrême langueur, plus du tout hypnotisée par Deneb mais par Aden.

— Arrête cela tout de suite, rugit ce dernier, me faisant sursauter.

Je secoue le visage. J'ai l'impression que l'on m'a jeté un sort et que je me réveille. Aden a complétement rompu le charme et je prends conscience que j'avais la bouche en cœur.

— Aden ! Tu casses tout ! râle Deneb.

Je recule et je me frotte nerveusement les paupières. Deux Aden se trouvent devant moi et ils ont exactement la même voix.

— Je suis en train de débloquer, c'est ça ? je souffle tout bas.

Je recule et sans faire attention je percute un meuble. Le temps que je regarde sur quoi j'ai buté, Deneb a à nouveau changé de visage et à retrouvé sa belle gueule d'ange. Il m'examine avec grand intérêt la tête sur le côté.

— Extrêmement intéressant, chuchote-t-il.

— Ne refais plus jamais ça, le prévient Aden d'une voix ferme.

— Ce n'est pas moi, tu le sais très bien. C'est elle ! se décharge Deneb avec empressement.

— Contrôle-toi ! Ça, tu sais faire.

Incrédule, je les regarde l'un après l'autre.

— Attends une minute, tu m'as droguée, c'est ça ? m'indigné-je ouvertement.

Deneb secoue légèrement la tête en souriant et Aden reporte son regard ombrageux sur moi. Il me fixe sévèrement.

— Il m'a fait quoi, bon sang !? Hypnotisée ?

Deneb se remet à rire. Je suis franchement ouverte à tout genre de bizarrerie mais là, ça dépasse l'entendement. J'ouvre la bouche, mais je ne sais même plus quoi dire. Je ne suis pas troublée, mais extrêmement en colère.

— Tu es complétement malade, m'éructé-je en pointant mon doigt sur Deneb.

— Attends ma jolie, tu étais à deux doigts de me sauter dessus. (Il tourne son visage vers Aden) Une vrai obsédée, je te jure !

Je n'y crois pas !

— C'est l'hôpital qui se fout de la charité, souffle Emmy derrière moi.

— Fais-la descendre, ordonne Aden en sortant de la pièce en soupirant.

— Vous la ramenez ? s'empresse de demander Emmy qui vient se placer à mes côtés.

— Non ! Je ne retournerai nulle part.

Je me lance en direction de la fenêtre mais je suis rapidement rattrapée par Deneb qui me retient par le bras.

— Lâche-moi, espèce de... espèce de...

Je ne sais même pas de quoi le traiter. Manipulateur, sorcier, monstre...

—... Espèce de machin chose !

Il resserre sa prise et il me fait extrêmement mal. Je me débats comme une furie. Il m'attire contre lui et m'oblige à le regarder.

— Ne me force pas à être brutal avec toi. Je ne souhaite pas t'abimer. En tout cas, pas tout de suite.

Il n'est plus enjôleur comme tout à l'heure mais menaçant. Il m'entraine dans les escaliers en me soulevant presque de terre. Nous descendons à l'étage inférieur et il me pousse comme un sac dans un immense salon. J'essaie de faire demi-tour mais il me retient par les cheveux et me force à regarder devant moi.

— Lâche-moi ! Lâche-moi ou je te tue ! fulminé-je, hargneuse.

— Quelle impétueuse hominidé, elle m'intéresse de plus en plus. On peut mettre une option sur celle-ci ?

— Libère-la, tonne la voix d'Aden.

Je relève les yeux et n'en reviens pas. Je reconnais quelques filles de la faculté dont celle qui m'a rendu mes affaires au dôme. Elles sont toutes occupées mais lèvent le visage sur moi. Je suis tellement choquée que j'oublie de me débattre. Deneb me pousse en avant.

Je pose maintenant le regard sur Aden qui est au centre de la pièce. Il fait un signe à Deneb qui m'oblige à marcher. Nous sortons dans un jardin en friche.

— Étais-ce lui ? me demande Aden froidement.

Il est arrêté devant un corps qui gît sur le sol, les vêtements déchiquetés.

— Que... quoi !?

— L'homme qui te poursuivait ?

Chapitre 10

DU BLEU AU ROUGE

— Je ne sais pas.

Aden me jauge derrière ses iris d'un bleu acier déroutant. Il n'est pas d'une beauté dont l'esthétique est sans défaut comme Deneb. Ses longs sourcils sont le plus souvent froncés ce qui lui confère un regard dur. Certains hommes beaux ont des traits féminins. Il n'en dispose d'aucun. Même ses lèvres pleines et galbées sont fabuleusement masculines. Sa beauté dépasse la norme comme on l'entend. Il dégage ce quelque chose en plus que je n'ai encore jamais trouvé chez personne. Une beauté sauvage qui traverse les époques, les goûts et les modes. Une beauté terriblement attirante car il n'est pas dans la séduction. Il a ce truc fascinant. Menaçant. Inaccessible. Oui, incroyablement attirant... physiquement.

— Est-ce lui ? répète-t-il plus fort, d'une voix agacée.

Je sursaute. Ok, je viens de fermer la bouche... Je grimace un peu, écœurée par mes propres pensées. Il s'agit d'Aden, bon sang !

Je relève le menton en le dévisageant maintenant avec audace. Avec audace car il est intimidant dans sa longue veste noire à capuche qui valorise ses larges épaules. Il sort l'un de ses longs sabres qu'il cache derrière son dos et il le pointe sur moi.

— Regarde-le, me menace-t-il en faisant un rapide geste de la tête en direction de l'homme à terre.

Je serre les dents. Je n'en reviens pas qu'il ose brandir son arme sous mon nez. Je parle entre mes dents, la mâchoire serrée.

— Je refuse de reposer mes yeux sur ce cadavre.

— Je ne te laisse pas le choix, ne lutte pas contre moi. Ton entêtement ne te sauvera pas la vie.

Je ricane. Lui, ne rit pas. Ah, ce n'était pas une blague ?! Je retrouve mon sérieux.

— Euh dis-moi, tu ne vas pas me tuer ? demandé-je mon assurance se trouvant un peu ébranlée.

— Tout dépend de toi.

Réaction hémisphère cérébral droit : C'est quoi son délire !

Réaction hémisphère cérébral gauche : Aden, putain arrête, c'est moi...

La lame effleure mon menton puis longe doucement ma carotide. Elle glisse sur mon épaule et descend entre les lambeaux de ma combinaison déchirée et le métal froid touche le haut de la blessure faite sur ma côte. Je retiens mon souffle car je suis certaine que respirer plus fort ferait rentrer la lame dans ma peau. Je n'y crois pas, Aden est vraiment en train de me traiter en ennemie.

Il plisse ses yeux azur devenus encore plus foncés, presque noir. Il ne bouge pas. La tête légèrement inclinée, son regard est rivé au bout pointu de la lame. Il parle de manière étrange, comme un souffle provenant du fond de la gorge.

— Je vais sectionner chaque suture et t'ouvrir à nouveau. Tu préfères souffrir que m'obéir ?

Son ton glacial devrait me faire frémir mais il prononce ce mot. Le seul mot que je déteste : obéir. Je préférerais mourir que me soumettre.

— Obéir ? Voyons Aden... tu ne te souviens plus ? J'adorais désobéir ? je le provoque sans vergogne.

Il payait toujours les pots cassés à coups sur le dos alors oui, bien sûr qu'il se souvient. Il plisse ses yeux un peu plus. L'ai-je énervé ? Est-il en colère ? Je m'en fous royalement. J'espère même l'avoir blessé mais il ne répond pas, seul un demi-sourire narquois vient troubler son expression des plus indifférentes.

Je me mords la lèvre car tous mes nerfs commencent sérieusement à se tendre. Plus les secondes passent, plus son attitude détachée fait monter en moi une rage d'une force insoupçonnée.

La lame extrêmement affûtée glisse sur le tissu et le fend en deux aussi facilement que si ma combinaison avait été faite en papier. Les deux pans s'ouvrent et tombe de part et d'autre de ma hanche gauche. Il lève à nouveau la lame recourbée et avec précision, la place juste au-dessus de la première suture. Le geste est précis et pesé car je suis certaine qu'un seul geste de ma part suffirait à me rouvrir pour de bon et avec Deneb dans mon dos, je ne peux plus bouger.

— Ou préférerais-tu que je t'offre à mes hommes ? Certains d'entre eux sont insatiables mais j'hésite car tu y trouverais ton compte.

Je secoue la tête complètement ahurie. Il me prend pour qui !? La dernière des traînées ?

— Si je peux me permettre, je préfère la seconde option et j'aimerais passer le premier si possible, s'empresse de signaler Deneb.

Non mais je rêve !

— Dis-moi, s'il s'agit de l'homme que tu fuyais et je te laisserai tranquille, reprend Aden calmement.

Je relève la tête. Je ne le provoque pas que pour le plaisir mais voir un homme mort ne me plait guère. À Généapolis, les personnes décédées sont incinérées immédiatement afin d'éviter toute forme de contamination. Jamais, je n'ai fait face à la mort sauf sur l'écran sordide du dôme qui nous rappelle sans cesse notre fin. Je n'ai pas envie de penser à elle, pas maintenant que je commence à vivre. Aussi, je n'ai pas envie de me traîner une vision cauchemardesque surtout si je passe la prochaine nuit seule. D'ailleurs à cette seule pensée, mon cœur s'agite et une angoisse prend partie de mon corps.

Entre temps, Deneb s'est reculé et Aden s'est approché de moi. Une tension naît sur ma nuque, là où sa main gauche s'est posée. Son intense chaleur m'irradie complètement. Je m'empêche de respirer quand il se penche lentement et que sa tempe touche la mienne. Il murmure au creux de mon oreille, son souffle chaud chatouillant mon cou :

— Il n'est pas mort Ava. Regarde-le.

Sa voix est grave et profonde, presque douce. Et voilà, ça recommence... Ces sensations. J'essaie de me dégager mais en vain.

— Fais-le.

J'hésite mais finalement j'obtempère, encouragée par la force qu'il met à me faire baisser la tête. Mon front est maintenant pratiquement sur le cuir noir de son épaule. Je découvre à ses pieds le visage de l'homme qui m'a poursuivie. J'ai un mouvement de recul mais Aden me maintient fermement. Je ferme un instant les yeux à la vue horrifiante de son faciès. Il a la bouche ouverte et je peux maintenant observer des dents pointues. Pas sur toute la mâchoire mais uniquement sur les deux incisives de devant. Ses paupières sont inhumainement globuleuses et une étrange bosse orne son front. Je devrais reculer car la peur s'ancre en moi plus tenace que jamais. Ma tête tourne et j'ai soudain la nausée. Les doigts d'Aden se resserrent un peu plus autour de ma nuque m'obligeant à garder position, mon front le touchant presque.

Je ferme définitivement les paupières, ne supportant plus le spectacle de ce corps inanimé. J'aspire à la chaleur autrefois protectrice, celle qui provient du torse d'Aden, celle qui doucement allume en moi un feu troublant. Je me concentre et imagine que nous sommes ailleurs et encore enfants. Un endroit plus beau que ces baraques tristes et délabrées. Il sent aussi bon qu'avant, la fraicheur de la forêt, le parfum du bois qui vient d'être coupé et d'autres phéromones puissantes et aphrodisiaques. Je le sais, je reçois ses messages bestiaux et invisibles en pleine gueule.

J'essaie de me dégager à nouveau mais il me retient encore quelques infimes secondes. J'écarquille les yeux de surprise quand je l'entends me respirer avant qu'il ne me lâche enfin. Un courant d'air froid glisse à l'arrière de mon cou.

— C'est lui, affirme-t-il en direction de Deneb, pas un gramme perturbé par ce qu'il vient de faire. Il est seul mais il peut en avoir d'autres. Va chercher Terrare et demande lui de s'en occuper. Je ne veux aucune trace.

Deneb quitte la cour. Je ravale ma salive, ne comprenant plus rien. Je reste hébétée par tant d'assurance. Comment peut-il savoir cela, je n'ai même pas ouvert la bouche. Le temps que je relève les yeux, il recule d'un pas. Je me frotte la nuque, en affichant une mine dégoutée. Je suis furieuse contre moi-même, d'une part d'être autant réceptive à son énergie sensorielle et d'autre part, qu'il m'ait forcée à faire ce que je ne voulais pas et là, je commence franchement à être dépassée par ce que je ne maîtrise pas. Je ne comprends rien et en premier lieu leurs foutues capacités. Bordel, c'est la dernière fois qu'il me touche. À bout de nerfs, je retrouve mes esprits.

— Tu me sens et tu peux lire dans mes pensées ? C'est encore un de vos trucs de super connards ?!

— Elle te prend pour un clébard, Aden ! plaisante Deneb en rigolant franchement et reprenant position derrière moi.

Sous sa capuche, Aden garde la tête baissée me cachant pratiquement tout son visage jusqu'au-dessus de sa bouche. L'arme toujours levée contre moi, il ne répond pas, comme s'il était totalement concentré sur autre chose et qu'il nous occultait complètement. S'il a lu dans mes pensées, il doit me prendre pour une tarée ou une obsédée, au choix. Mais, bon sang, je peux mettre ma main à couper que c'est lui qui m'envoie des signaux chimiques pour m'amadouer.

— Je t'interdis de me toucher à nouveau ! craché-je, échauffée. Je ne suis pas ton pantin, OK !

Deneb me saisit une nouvelle fois par les cheveux. Je hurle en essayant de me dégager en attrapant ses mains.

— Tu seras ce que je veux jusqu'à ce que j'en décide autrement.

Enfin, Aden ouvre la bouche en relevant un peu le visage. Sa capuche descend à présent sur son front, ses yeux sont pratiquement fermés mais une lueur passe entre le volume de ses cils noirs. Son calme est perturbant. Mes poings se serrent davantage.

— Fais la rentrer, dit-il à l'intention de Deneb.

— Non, libérez-moi !

Je me débats avec force mais Deneb lâche mes cheveux pour m'écrabouiller les bras.

— Que penses-tu d'une petite leçon pour son ingratitude..., propose Deneb avant de me murmurer à l'oreille, je peux te punir de la plus belle des façons.

Je me retiens avec grande peine de me retourner pour lui envoyer mon poing dans la figure. Et puis, je me dis qu'il mérite au moins un coup de coude dans sa dentition parfaite de joli cœur mais je suis arrêtée par le mouvement de la main de l'homme à terre qui se met à bouger. Je recule d'un pas percutant le torse dur de Deneb.

— Doucement, petite Venus.

Mon corps se met à trembler. Je ne quitte pas des yeux l'homme de peur qu'il se relève et m'attrape encore.

— Je peux partir maintenant ? demandé-je sur le qui-vive, prête à prendre les jambes à mon cou.

— Non, répond immédiatement Aden d'un ton sec. Il relève le regard et ses prunelles sont maintenant rouge sang.

Ce spectacle me laisse sans voix. Il lève la lame qu'il gardait près de mon flanc. Il fait tourner le manche dans sa paume faisant briller le métal devant moi comme une hélice avant de faire passer le tranchant aiguisé sur la gorge de l'homme à terre qui convulse immédiatement. Le geste n'a duré que trois secondes. Je sursaute d'effroi.

Nullement ébranlé par ce qu'il vient de faire, Aden passe à mes côtés et ne s'arrête même pas lorsqu'il me dit :

— Crois-moi, il y en a d'autres et lui, c'était le plus gentil d'entre eux.

Il s'éloigne mais j'ai besoin de savoir.

— Attends ! Comment as-tu su pour lui ? Tu es... télépathe.

Il s'arrête sans se retourner.

— Je ne lis pas dans les pensées, si c'est ce dont tu as peur. Et crois-moi, la dernière chose dont j'ai envie, c'est de lire dans les tiennes.

Je le regarde partir, hébétée. Complètement perdue car le ton de sa voix m'a quelque peu déstabilisée. Il n'était pas froid, ni méprisant. C'était la voix d'un homme fatigué. Bon sang, mais qu'est-ce que je lui ai fait !

Le grand amérindien qui m'a sortie de l'eau ce matin, passe à ma droite, le torse musculeux et nu comme pouvaient l'être ses ancêtres.

— Eh Terrare, tu n'as jamais froid, mets au moins un pull ! se moque Dened en me tirant en arrière pour que je le suive.

Sans lui prêter attention, Terrare se baisse et récupère la cheville de l'homme gisant mort maintenant. Je reste hypnotisée par la scène, je me contorsionne pour voir ce qu'il va faire. L'image est surréaliste. Il le traîne derrière lui et s'enfonce dans la forêt.

— Il va en faire quoi ? bredouillé-je tout bas.

— Faire disparaître le corps et brouiller les pistes, me répond tranquillement Deneb.

Il tire d'un coup sec sur mon bras pour définitivement me faire faire demi-tour. Curieusement, je me laisse faire, encore sous le choc de l'horreur qui a eu lieu juste devant moi.

— Il va le brûler ?

— Non. Terrare déteste laisser des restes.

Je fronce les sourcils pendant que Deneb m'entraîne à l'intérieur de la maison. Je ne comprends pas vraiment sa réponse mais j'espère me tromper sur ce que j'imagine.

Chapitre 11

« PHTHONOS »

— Alors joli spécimen, il faut que je te force à me suivre ou tu vas enfin être docile.

Je ne résiste plus car un peu engourdie par tout ce qu'il vient de se passer. Je tourne le regard vers lui et détaille son visage pendant qu'il me fait entrer dans le salon reconverti en dortoir. Deneb parait beaucoup plus jeune qu'Aden alors que je suis certaine que ce dernier est né bien après le reste des sentynels. Ses cheveux mi-longs et blonds sortent un peu de sa capuche blanche en des mèches folles. Ses yeux restent d'un vert splendide. Je remarque à sa ceinture plusieurs petits couteaux dont la lame pointue ne doit pas faire plus de quatre centimètres.

— Tu peux t'installer là.

Il me montre le coin d'une pièce où se trouve toujours les femmes, un peu plus loin du feu allumé dans la grande cheminée et ça me convient. Je ne comptais pas me fondre au reste du groupe. La plupart des filles ont le visage tourné vers moi. Elles sont neuf en tout, dont Emmy. Je les regarde fièrement jusqu'à ce qu'elles détournent leur regard curieux. Dos contre le mur, je glisse jusqu'à m'asseoir par terre en expirant bruyamment. J'aspirais à la liberté et à la solitude en partie pour cela, pour oublier d'être constamment considérée comme le vilain petit canard.

Deneb me tend une couverture.

— Je n'ai pas froid.

Il me la balance entre les jambes et s'accroupit face à moi.

— Je crois que tu n'as pas compris. Mets-toi à l'aise avec nous, rends-toi utile et tu n'auras pas de problèmes.

— Je n'ai pas l'impression que ces filles-là soient retenues contre leur gré, dis-je en les désignant du menton.

Il tourne la tête vers elles. Il est évident qu'elles n'espéraient que son attention. D'ailleurs, l'une d'entre elles se lève et semble l'attendre.

— Toi, ce n'est pas pareil, dit-il en revenant vers moi.

— Pourquoi ?

— Aden t'a capturée en premier. Il a le droit de vie ou de mort sur toi. Ce sont les lois de la nature. Si tu veux ta liberté, il faudra qu'il te la donne. Si quelqu'un te veut, il faudra qu'il se batte contre lui.

J'ai envie de lui rire au nez. Quel principe on ne peut plus primitif. Toutefois, son explication me laisse perplexe, car si Aden se fout de moi pour quelle raison me retient-il captive ?

— Tu peux oublier les lois qu'a définies ton père. Ici, tout est hors de contrôle, ajoute-t-il un rictus vissé sur ses lèvres.

Je hausse un sourcil étonné.

— Vous savez qui je suis ?

— Évidemment, nous le savons tous. D'ailleurs, ça rend les choses beaucoup plus excitantes.

Il me fixe avec plus d'intensité à présent et je me demande s'il ne veut pas encore utiliser sa satanée magie vaudou sur moi. Je le dévisage en croisant les bras, les deux sourcils relevés.

— Aden a complètement cassé le truc, se plaint-il, ses jolies lèvres faisant la moue.

Il soupire, l'air vraiment déçu. A ma grande surprise, il me parait maintenant plus sympathique alors qu'il y a quelques minutes, j'avais envie de lui arracher les yeux.

— Tu peux changer de profil à ta guise alors ?

— Non à la tienne, curieuse beauté.

Je souris malgré moi. Je ne comprends pas son entêtement à m'appeler de façon différente à chaque fois. Ni son état à être perpétuellement porté sur la chose.

— Tu peux m'expliquer ?

Il regarde l'intérieur de ses ongles l'air de rien et commence :

— J'appelle cela de l'enchantement. D'autres de la persuasion visuelle. Mais ce que tu vois n'est pas ce que tu crois, je t'invite à désirer et tu accèdes à ce que tu désires.

Son regard s'est à nouveau plongé dans le mien.

— Tu veux dire que tu peux changer de visage selon mes désirs ? Comment cela est possible ? Tu te modifies à la manière d'un caméléon ?

Je ne crois même pas à ce que je dis. Il sourit un peu. Sa beauté me frappe encore mais j'imagine qu'elle est artificielle. Enfin, je me force à me convaincre que rien n'est vrai alors l'envoûtement passe. Je fronce les sourcils et m'écrie :

— Tu as recommencé !

— Tu es une fille très difficile, admet-il en éclatant de rire.

Il retrouve son sérieux et continue :

— Évidemment, tu penses que le caméléon change de couleur mais pourquoi ne serait-ce pas ta perception qui change sur lui ou l'environnement qui s'adapte à sa couleur et te trompe. Rien n'est figé. La nature nous montre ce qu'elle veut bien. Il faut la comprendre pour la maîtriser.

— Comment peux-tu changer ce que je vois ? C'est impossible.

— Le monde nous offre plusieurs perspectives, il suffit d'essayer de ressentir ce qui est invisible à l'œil et qui se trouve tout autour de toi. De croire qu'il existe autre chose. Tes sentiments par exemple sont invisibles pourtant ils ont le pouvoir de faire changer la perception que tu as d'une personne, n'est-ce pas ?

Je hoche la tête d'un air entendu. Son explication est claire pourtant cela me demande une force mentale extraordinaire pour la rendre réaliste. J'entrouvre à peine une porte qu'elle se referme aussitôt et ma réflexion se perd car complètement illogique à ma vision trop cartésienne, celle à ne vouloir croire qu'en ce que je vois. Deneb me dévisage.

— Vous êtes comme les daltoniens qui ne voient que d'infinies nuances de vert. Pourtant malgré tout beaucoup de couleurs, de formes et d'autres choses existent. Je t'invite juste à toutes te les montrer ou en partie et te trompe car ta faiblesse te pousse encore à vouloir expliquer ce que tu vois. Là encore, je ne te suggère rien mais tu t'entêtes à conserver la première image que tu t'es façonnée de moi quand tu m'as vu la première fois et admettre la vérité t'est encore inconcevable.

Le cerveau est complexe et il est vrai que nous ne connaissons pas toutes ses facettes. Cela dit, ce que je comprends surtout, c'est que les sentynels ont des facilités que nous n'avons pas.

— Donc tu es un télépathe manipulateur.

— C'est un peu réducteur, tu ne crois pas ?

Je secoue la tête devant son air boudeur.

— Comment ? Je veux dire, comment avez-vous fait pour apprendre à contrôler l'impalpable.

— Aden. C'est lui qui nous a permis de développer nos aptitudes. Malheureusement, nous sommes aussi limités par nos faiblesses, notre côté primate. (Il me désigne du menton et je comprends qu'il fait référence à l'homme) Les dons se développent en fonction de notre caractère.

— Je...

— Bon assez discuté, me coupe-t-il agacé retrouvant ses traits plus froids. Je suis attendu. J'ai besoin de me détendre. Je n'ai pas l'habitude à ce qu'on me résiste et ça me frustre légèrement.

Ses paumes rejoignent ses genoux pour se lever. Toutefois, je le retiens par la manche.

— Attends ! Que faites-vous tous ici ? Vous êtes censés être les remparts de la cité.

— Nous ne le serons plus jamais.

Je me tourne vers d'où provient cette voix rauque. Un autre sentynel me fait face. Sa longue veste est bleu sombre comme la nuit. Les lèvres pincées, il m'examine avec beaucoup d'attention. Deneb se relève pour lui faire face.

— Tu ne devais pas patrouiller ?

L'homme avance et Deneb s'écarte de son chemin comme s'il ne voulait surtout pas le toucher.

— Si j'y retourne. Je voulais voir de plus près notre aventurière.

Une fois devant moi, il rejette sa capuche dans son dos. Ses cheveux, coupés très court, sont d'un noir brillant. Il serait plutôt beau garçon s'il n'affichait pas une expression fermée. Son nez parfaitement droit et sa mâchoire volontaire et bien rasée appuient ses traits distingués. Ses yeux sont du même bleu que son vêtement.

— Mon nom est Thènes. Enfin, c'est ainsi que l'on m'appelle.

Il me tend la main.

— Ne fais pas ça, l'interrompt Deneb.

— Aden n'est pas là, détends-toi.

Méfiante, je fixe sa main. Ses doigts longs et fins ne correspondent pas à l'image que j'ai d'un guerrier mais plutôt à celle d'un homme politique. Ses ongles sont parfaitement entretenus.

— N'aie pas peur, je ne compte pas te faire du mal.

Sa voix rocailleuse est sans nul doute unique et dénote avec le personnage. Son attitude est... comment dire... moins animale. Un bras derrière le dos, il parait extrêmement bien éduqué. Il maitrise parfaitement sa prestance.

— Je n'ai pas peur.

Je lui rends son geste et avec tout ce qu'il se passe, je m'attendais à ressentir quelque chose sortant de l'ordinaire mais rien. Absolument rien d'hors du commun n'arrive lors de ce contact. Hormis, qu'il ne dégage aucune chaleur. Le bout de ses doigts est extrêmement froid.

— J'ai l'impression que tu t'attendais à quelque chose ? me demande-t-il en relevant un sourcil.

Je secoue la tête. Il retient ma main dans la sienne plus longtemps qu'il n'est nécessaire.

— Allez, lâche-la, lui intime Deneb d'une voix sobre.

Je vois un intérêt briller dans ses prunelles marine. Il dégage enfin sa main de la mienne tout en continuant à m'examiner.

— Je salue ton courage, Ava. Peu de personne choisirait de s'enfuir seule de Généapolis. Malheureusement, ta liberté fut de trop courte durée, j'imagine.

Je hoche la tête, un peu déstabilisée par sa compassion.

— Arrête Thènes, tu étais, toi aussi, sur la rive à essayer de la capturer, lance Deneb derrière son dos.

Thènes se retourne sur lui, le regard mauvais. Deneb garde obstinément le sourire tout en levant les mains devant lui. Je me demande si une rivalité existe entre les sentynels, s'ils se sont déjà battus les uns contre les autres et surtout qui en fut le vainqueur. Ils ont l'air tous très costauds et leurs aptitudes doivent sûrement transparaître lors des combats. Malgré ma curiosité grandissante de les voir en action, je préfère reprendre ma route. J'ai encore beaucoup de chemin à parcourir. Je suis coupée de mes pensées par la voix hâchée de Thènes qui a ramené sa capuche sur la tête.

— Je t'aurais laissé choisir ta liberté. (Il plante ses prunelles sombres dans les miennes) Dommage que l'on m'ait forcé à m'arrêter.

Dans un grand geste qui fait voler son manteau, il quitte la pièce sans que je n'aie pu lui répondre un seul mot.

— J'espère que tu ne penses pas à nous quitter, me prévient Deneb qui a, tout comme moi, suivi du regard le départ de Thènes. Tu n'as aucune chance de t'échapper et Aden a, jusqu'à présent, été gentil avec toi. Ne lui fais pas regretter. C'est un conseil.

Chapitre 12

CONTRE NATURE

— Éteignez ce feu, réclame Deneb en me tournant le dos.

Les filles ne tardent pas à lui obéir et la pièce se plonge dans la semi-obscurité avant qu'une d'elles allume deux ou trois bougies.

Je regarde Deneb monter lentement les escaliers tout en tenant dans chaque main une fille. Il ne me quitte pas des yeux, l'air narquois, le sourire éclatant. Son visage reste le même, diaboliquement angélique. Je plisse les yeux et y mets toute ma volonté. Mais que devrais-je voir de plus ? Rien ne change son aspect, même en me forçant à m'ouvrir au pire. En haut des escaliers, il éclate de rire.

— Une autre fois, divine création, raille-t-il avant de disparaître à l'étage.

Les filles se retournent toutes sur moi. J'ai envie de le tuer. A l'évidence, nous pensions à la même chose : son vrai visage mais me mettre dans l'embarras l'amuse vraisemblablement.

— Ou jamais, murmuré-je en fusillant les curieuses du regard.

Je fixe la porte devant moi. En quelques secondes je pourrais être sur elle, l'ouvrir et m'enfoncer dans les bois. Il faut absolument que je m'échappe mais la nuit est déjà tombée. J'ai besoin de ma liberté. C'est une nécessité. Je ne laisserai plus personne me retenir en cage, ni me dicter mes actes mais je ne vais pas être stupide et attendre l'aube est bien plus sûr.

En attendant, il est absolument hors de question que je me rende utile pour quoi que ce soit. Je n'ai pas demandé à être là contrairement à elles. Ces filles qui s'affairent à leurs tâches, pendant que d'autres les aident silencieusement.

Je fais passer les tissus de ma combinaison sous l'élastique de mon soutien-gorge tout en pestant intérieurement contre Aden. Je le hais. De manière si forte maintenant. Tellement forte que je ne souhaite plus jamais recroiser son chemin. Le penser me lance une pique au cœur que j'essaie tant bien que mal d'ignorer.

Je dois absolument retrouver mes affaires. En partie pour le fil et l'aiguille qui se trouvent dans mon sac. J'ai pu me procurer ces objets en sortant clandestinement avec un garçon de l'atelier de couture qui à mon grand désespoir embrassait vraiment très mal. Je regardais toujours le ciel, essayant d'oublier que sa grosse langue tournoyait incessamment à l'intérieur de ma bouche. Bon sang, un garçon peut-il baver autant ? En y repensant, pas besoin de mettre mes deux doigts au fond de la gorge pour avoir envie de vomir.

J'ai tenu deux semaines.

Assez longtemps pour obtenir une bobine noire qui fera l'affaire. Il m'en a également offert une autre au fil blanc plus rare parce qu'il se croyait amoureux. « Amoureux ? En deux semaines ! » lui avais-je rigolé au nez. Il était parti en courant, les larmes au bord des yeux.

« Ohhh, personne ne tombe amoureux en deux semaines !!! » avais-je crié pendant qu'il pouvait encore m'entendre.

Personne ne tombe amoureux. L'amour n'existe pas. Personne ne veut finir seul, nuance.

— Je peux m'asseoir à côté de toi ? demande Emmy debout devant moi, une petite assiette et un verre dans les mains.

Emmy est quelqu'un que j'apprécie, sa grâce naturelle fait d'elle quelqu'un de doux. Ses sourcils sont fins contrairement aux miens. Sa peau est lisse et son teint porcelaine sans imperfection. Je lui ai souvent envié même si pour moi le physique ne compte pas vraiment. Pourtant, je n'aime pas une chose particulière ; les éphélides parsemées sur mon nez et sous mes yeux. Mes cheveux d'un brun très foncé

145

accentuent leur présence. Contrairement aux filles ici présentes, je tiens encore à ce qu'ils restent attachés, une habitude depuis petite fille j'imagine. Je ne parle pas non plus de la tâche que j'ai hérité à ma naissance. Celle bien plus grande et irrégulière qui couvre une partie de ma hanche droite et qui se poursuit en bas de mon dos.

Emmy continue de me sourire, plus à l'aise que tout à l'heure. Elle ne m'a jamais regardée de travers, c'est sans doute pour cette raison que je l'autorise à s'asseoir à côté de moi.

— Si tu veux, dis-je simplement.

Elle tire la couverture et s'assoit à ma gauche en posant devant moi ce qui ressemble à de la viande et de l'eau.

— Comment vas-tu ?

— Je ne me suis jamais sentie aussi libre, répliqué-je d'une voix atone.

Je fais un peu d'ironie, bien évidemment. Elle garde le silence quelques instants avant de reprendre :

— Tu n'aurais jamais dû t'enfuir de Généapolis. (Elle me désigne l'assiette) C'est de la biche.

Poussée par la faim, je prends la viande avec mes doigts. Nous n'en mangions que très peu et je dois avouer que celle-là est particulièrement bonne. Je prends le temps de la mastiquer et de savourer le goût de son jus, avant de répondre avec sarcasme.

— Emmy, tu m'arrêtes si je me trompe mais il me semble que tu t'es enfuie aussi.

Un petit rire s'échappe d'entre ses lèvres. Elle cligne des yeux plusieurs fois.

— Nous souhaitons toutes vivre libres, voyons.

Je relève un sourcil complètement surprise par ce qu'elle vient de dire.

— Tu pensais être la seule, n'est-ce pas ?

Evidemment, je n'ai jamais entendu personne se plaindre de sa vie à Généapolis.

— Tu ne m'as jamais parlé de cela.

— Tu es la fille du professeur frappadingue, personne n'aurait pris le risque de te parler de ce genre de projet. Mais ton père ne disait pas que des mensonges. Tu n'aurais jamais dû partir seule de là-bas. Nous avons déjà perdu une des filles. Je ne la connaissais pas bien, mais ça nous a foutu un coup.

Elle regarde ses pieds, la mine soucieuse.

— Sérieusement ? Dans quelle circonstance ?

— Nous ne le savons pas, elle a disparu comme ça. Le matin, elle n'était plus là.

Je frissonne vraiment. Le genre de frisson qui te fait avoir froid en une nanoseconde. Pourquoi me raconte-t-elle un truc pareil ?! Je n'avais pas besoin qu'on me rappelle le danger extérieur. Je comprends maintenant l'étrange atmosphère qui règne autour des filles. Leurs longs silences et leur manque évident d'entrain. Elles ont peur.

— Les sentynels n'ont pas tenté de la retrouver ?

— Bien sûr que si, nous nous sommes arrêtés ici. C'est un peu grâce à elle qu'ils t'ont trouvée toi. Mais elle toujours pas.

D'après mon père, les sentynels sont de très bons pisteurs. J'ai du mal à croire qu'ils aient perdu la trace de cette fille.

— Pourquoi auraient-ils besoin de vous, je ne comprends pas. Et où allez-vous ?

Elle hésite vraiment à me répondre, je le vois à la façon qu'elle a de triturer le bout de sa manche.

— C'est très compliqué. Disons qu'il s'agit d'un accord tacite... (Elle marque une pause) Nous formons une petite société à nous toutes. Carryl est cuisinière, Seva couturière, Louna agricultrice... Moi, médecin ce qui nous lie est notre court séjour au dôme. Tout comme toi n'est-ce pas ? Je l'ai vu ce matin.

Elle attrape mon poignet et me montre la trace de l'aiguille, là où se trouvait le bracelet. Je me libère doucement.

— S'ils veulent monter une société ailleurs pourquoi ne pas recruter des hommes.

— Nous ne voulons pas d'hommes, à quoi bon, nous ne pouvons pas avoir d'enfants avec eux.

— Mais potentiellement avec les sentynels, je finis pour elle.

Elle baisse le visage.

— Oui. Nous étions compatibles uniquement avec eux. C'est là qu'a commencé le recrutement en quelques sortes.

Je suis un peu choquée par ce que j'entends. Elle place sa main sur mon épaule.

— Nous l'avons choisi. Toutes les filles sont ici parce qu'elles le veulent. C'est notre conception de la liberté. Nous souhaitons un enfant, qu'importent les risques. Qu'importe qu'il soit différent.

Devant mon mutisme délibéré, elle ajoute :

— Ava, tu n'es pas obligée de comprendre.

D'après les rumeurs, les enfants nés des sentynels ne sont pas rendus à la mère mais entraînés comme des soldats. Je n'ai aucune idée de combien ont réussi à survivre et les porteuses encore moins. A mon sens pas beaucoup. Je n'arrive plus à parler car toutes autant qu'elles sont, elles s'exposent clairement à la mort.

— Donc en contrepartie, ils vous utilisent pour le plaisir.

— Pour le plaisir ? Seul Deneb semble en tirer un certain plaisir, dit-elle en rigolant.

Je fixe à nouveau les filles assoupies pour la plupart d'entre elles. J'ai dû manquer un chapitre.

— Je ne comprends pas ?

— Ils ne ressentent pas de plaisir. Juste de l'envie.

J'écarquille les yeux.

— Comment cela ?

Elle parait attristée. Moi, je ne la suis plus.

— Ils n'ont aucun plaisir dans l'acte en lui-même comme un être humain normal. Rien du tout. Par contre, ils ont des besoins comme les hommes. Ils ont cette envie et la mécanique fonctionne aussi.

Je suis complètement assommée par l'information. Aden... enfin les sentynels ne jouissent pas de l'acte physique ?! Ça me fout comme un coup dans l'estomac même si je ne connais pas le plaisir que cela procure. Mais c'est la base de toute espèce, non ? Enfin, le leitmotiv pour toute procréation. Tout cela, est un peu déroutant. Sans que je ne comprenne pourquoi, les frissons reprennent. Je ne décèle pas ce qu'ils y gagnent dans ce marché morbide.

— Ils ont des aptitudes mais aussi ce défaut, comme tout ce qui est fabriqué par l'homme contre nature.

Je reste un moment silencieuse. Je suis touchée et même si je déteste ça, toutes mes pensées sont tournées vers Aden. Curieusement, j'aimerais parler avec lui de tout cela. Pour savoir ce qu'il ressent. Peut-être rien. Peut-être qu'il s'en fout après tout.

— Tu tiens vraiment à risquer ta vie ? je demande au moment où Emmy se lève.

— Je sais ce que tu penses. J'étais comme toi avant. Mais maintenant, c'est différent.

— En quelle manière ?

Elle sourit un peu et la blancheur délicate de ses joues laisse place à un rose pâle.

— C'est différent, c'est tout, finit-elle par dire sereinement.

Je n'ai jamais forcé quelqu'un à me parler, ça ne commencera pas aujourd'hui. Cependant, elle poursuit :

— Sous leurs airs de brutes sanguinaires, ils sont gentils, tu sais. Ils prennent vraiment soin de nous. Même Aden.

Je sursaute au moment où elle prononce son prénom de façon très direct. Est-ce normal que mon ventre s'est comme rempli d'acide ? J'essaie de reprendre contenance. Je hausse les deux sourcils tout en expirant l'air sceptique. Pourtant, quelque part, ça me blesse. Affreusement. Ça me fait mal car un jour, il a oublié de prendre soin de moi.

— C'est lui que tu as vu à travers Deneb, n'est-ce pas ?

Je détourne les yeux.

— Je... je ne sais pas. C'était très bizarre.

— Aden est le seul que je n'ai pas vu flirté avec une fille. Il ne fait pas partie du marché.

J'essaie de paraître détachée.

— Pourquoi ?

— Parce qu'il a perdu l'amour de sa vie.

Chapitre 13

SONGE

Je me suis assoupie assise, les genoux repliés sur ma poitrine, la tête sur le côté. J'ai très mal à la nuque, je la frotte un instant.

« Il a... perdu... »

Je m'aperçois tout juste que les quelques fenêtres du salon ont été condamnées. La douce lumière de l'aube filtre à travers les planches maladroitement cloutées au mur. Ce lieu offre un bien triste repère même à la douce lueur du matin.

"... perdu... »

Je scrute la pièce. Personne ne bouge. De calmes respirations me proviennent d'où tout le monde dort encore. Il est hors de question que je reste prisonnière une seconde de plus. Je me lève et j'ai immédiatement le tournis. Je me stabilise en me reposant contre le mur. Je prends mon front dans ma main droite. J'ai une migraine comme si un picidae confondait ma tempe avec l'écorce d'un arbre. Je n'ai dormi que cinq heures. Pas assez pour mon organisme fatigué mais je dois me forcer, c'est cinq heures de trop. Je traverse la pièce à pas de loup jusqu'à la porte. Lentement, j'actionne la poignée du vantail menant dans le petit jardin. Un crissement de rouille... je retiens ma respiration. J'ouvre le battant aux charnières fragiles. Un pas puis l'autre, je suis dehors.

« Il a perdu l'amour de sa vie »

Je me vide l'esprit, soupire profondément et referme derrière moi. Les souvenirs sont maintenant enterrés dans le passé et à présent, le but est de courir sans se retourner. Non pas à l'aveugle mais intelligemment. Je tends l'oreille. J'entends le ruissellement d'un courant d'eau et j'imagine qu'en remontant la rivière, je trouverai ce que je veux. Je n'ai pas de temps à perdre, le soleil déjà m'éblouit.

— Où comptes-tu aller ?

Je sursaute tellement fort que j'ai fait un saut de cabri. Je tourne le visage. Aden approche et s'arrête à trois mètres devant moi. Ses pieds plantés dans le sol comme de solides racines inhumées. Il est intimidant vêtu de sa longue veste noire. Ses épaules se soulèvent en écho avec sa respiration. Il parait trop grand. Ses yeux dissimulés sous sa capuche, je perçois uniquement ses narines qui se gonflent et se dégonflent. Il est furieux.

— Aden, c'est ridicule... dis-je en un sourire presque effacé.

— « Tu » es ridicule.

Il avance vers moi d'un pas sûr, le regard toujours masqué. Je reste droite et m'interdis de reculer. Je relève le menton, prête à me rebiffer.

— Je ne veux pas rester ici. Je ne suis sous le joug de personne et encore moins sous le tien. Qu'importe-les foutues lois de la nature, elles ne veulent rien dire pour moi, dis-je sur un ton brave et sérieux.

Ses lèvres s'étirent en un léger rictus puis reprennent forme. La mâchoire plus contractée que jamais, il se place de côté de manière à ce que je voie plus précisément son profil. Ses lèvres pleines pincées, ses joues tressautent. J'ai du mal à croire qu'il me laisse le champ libre.

— Dégage. Tu peux partir.

Mes yeux se transforment en deux ronds de flan. Je secoue la tête. Sa voix n'a jamais été aussi basse, aussi froide, aussi meurtrière.

— Je peux... ? Je ne comprends plus r...

— Casse-toi ! répète-t-il encore plus dangereusement.

Je tressaille aussi fort que si je l'avais vu lever la main pour me porter un coup. Cependant, je n'arrive pas à bouger. Complétement saisie par toute la colère qui émane de lui qu'il étouffe passablement sous ses mots. Je reste campée sur mes deux jambes devenues instables. Il baisse légèrement la tête et je ne vois plus que sa bouche à demi ouverte. Je frémis quand il souffle entre ses lèvres :

— Je te hais. Pour tout ce que tu es et représentes. J'espère que ça, tu es capable de le comprendre. Ava.

Il hache mon prénom. Il l'a découpé en deux et je comprends juste qu'il vient de faire la même chose à mon cœur. Le cœur de l'enfant que j'étais.

Je serre les poings autant que ma mâchoire. Mon corps semble enfin m'obéir. La rage ayant plus d'effet que la peine, je passe lentement devant lui, droite et fière mais un peu plus démolie à l'intérieur. Je suis confuse par toute l'émotion qu'il suscite en moi que je croyais pouvoir gérer. Je suis comme divisée, la femme a envie de l'étrangler, la gamine le besoin de pleurer.

Une fois l'épreuve de sa présence passée, je cours. Oui maintenant, je cours pour le fuir. Encore plus loin de lui que ce que j'avais désiré au départ. Je ne sais pas ce que je voulais au juste ou ce que j'attendais au fond mais tout s'est évaporé et je me répète pour ne pas laisser tomber mes derniers rêves : « C'est ce que tu voulais, Ava, être libre. C'est ce que tu as toujours voulu ».

Pourtant ma poitrine m'oppresse, l'oxygène ne rentre pas. Rapidement un point de côté me pince l'abdomen. Je dois souffler, mais je continue. Encore et encore. Je dois admettre une nouvelle désillusion mais celle-ci fait beaucoup plus mal. Je ne suis peut-être pas faite pour le monde mais pour vivre seule. Pourquoi je me pose encore cette question, cette solitude, je m'en suis accommodée depuis longtemps.

J'entends des pas rapides derrière moi, quelqu'un me rattrape, un homme ou peut-être un animal. La panique me prend les entrailles et j'essaie de courir plus vite mais c'est peine perdue. J'ai déjà usé toute mon énergie. Fatiguée et lassée par ce nouveau pourchas acharné, je m'arrête d'un seul coup, fais volteface et ferme les yeux. Résignée et prête. Je sens que la bête prend un dernier élan et j'ai l'impression d'être transpercée par un ectoplasme qui m'englobe, m'aspire vers l'intérieur pour se retirer de mon corps. Le spectre m'a traversée de la tête jusqu'aux pieds me faisant perdre l'équilibre. Je tombe en arrière, le choc du sol contre mon dos est comme un grand coup de fouet qui me fait ouvrir les paupières. J'inspire avec force pour rappeler ma vie comme si elle m'avait quittée. Les yeux grands ouverts, j'analyse le bois autour de moi. Le chant des oiseaux au sommet des arbres. Je respire plus vite, avec force. Je suis debout, au milieu de la forêt. Une autre forêt bien plus sombre. Sombre car il fait encore nuit.

Je suis perdue. Plus perdue encore quand une douce chaleur se fait sentir sur mon épaule, la main d'Aden. Il est juste derrière moi. Si près, que mon angoisse est aussitôt divertie en soulagement. Son odeur m'est rassurante. Il continue de m'envoyer ses composants chimiques étourdissants. Ce léger parfum naturel au goût amer de son absence.

— Tu veux te faire tuer ?

Je me dégage avec vigueur. Je plie les genoux en position d'attaque face à lui. Mon regard scanne tout autour de moi, cherchant une bête, celle qui me poursuivait pour me tuer. Mais je ne trouve que la lumière de ses yeux.

— Ava ?

Je n'arrive pas à répondre. Ma queue de cheval est complètement lâche. Mon souffle soulève par à coups les mèches devant mes yeux. Chacun de mes os vibre comme si j'avais subi un terrible accident. Une sorte de traumatisme physique qui m'empêche de garder un bon équilibre. Je passe ma main devant mon visage pour repousser mes cheveux. Je dois ressembler à une folle tout juste sortie de l'asile qui recolle mal les morceaux de ce qu'il vient de se passer. Bordel, j'ai besoin de comprendre pourquoi le soleil est à nouveau en train de se lever.

— Ava !

Je sursaute encore, j'essaie de reprendre mes esprits et ma respiration.

— Je... Je fais ce que tu m'as autorisée à faire, lui rappelé-je d'une voix tremblante et incertaine, mes yeux scannant chaque tronc d'arbre, chaque branche autour de moi.

Son silence me fait lever les yeux vers lui. Il cherche à retenir mes pupilles toujours agitées. Une fois capturées, je laisse son regard devenir mon point de repère. Un marron doré aussi beau que les nuances chaudes de l'automne.

— Je ne t'ai rien autorisé, rétorque-t-il en penchant le visage sur le côté.

Il m'analyse longuement avant de lâcher :

— Rentre maintenant, nous quittons les lieux ce matin.

C'est trop !

— Non ! Tu... Putain, il y a cinq minutes tu me demandais de dégager et tu m'ordonnes maintenant de te suivre. Je ne vais nulle part avec toi !

Il parait surpris. Il est hors de question qu'il me manipule encore. C'est le désordre dans ma tête, je suis certaine qu'on a encore tiré les ficelles en me prenant pour un pantin.

— Arrête de faire l'enfant. Tu me fais perdre mon temps.

Il me tourne le dos et avance tranquillement en direction de la maison. Sûr de lui, comme si j'étais un animal docile. Il me prend pour qui ?! La colère explose devant son calme et son attitude indifférente. Je me rue sur lui toutes griffes dehors. Je l'attaquais souvent quand nous étions gamins, mais aujourd'hui, j'ai envie de lui faire mal.

— Espèce de salaud !

Je ne joue plus, la haine est trop grande, il me faut planter mes ongles dans sa peau mais il m'évite avec facilité sans même s'être retourné.

— Ne fais pas ça.

Je récupère un bâton à terre et j'attaque à nouveau. Il me pousse sur le côté et je tombe sur les genoux. Je détends mon buste pour me remettre sur pieds. Sa colère magnétique explose autour de lui alors qu'il avance droit sur moi. Je lève le bras pour me protéger le visage mais son geste sert juste à me remettre sur pieds. Il m'arrache le bout de bois des mains.

— Arrête maintenant ! Je te conseille de te calmer, tu es à des lieux de savoir ce que je suis capable de faire, me menace t-il la mâchoire crispée.

Il retient mon bras tout en me maintenant à distance. Je siffle en essayant de me soustraire à sa poigne :

— Tu veux me rendre folle, c'est ça !? Je ne suis pas cinglée. Tu m'as dit de dégager, tu m'as dit que je pouvais partir !

— De quoi tu parles !

— Oh ne fais pas comme si j'avais rêvé.

Son front se barre de légères ridules et il rejette avec sa main libre sa capuche en arrière libérant sa tignasse folle. Le masque obstiné de son indifférence s'étiole un peu. Il est maintenant attentif à chacune de mes paroles, ses prunelles cuivrées sondant les miennes.

— Alors je t'ai écouté sale enfoiré ! Sache que je te hais aussi. Je te hais, tu m'entends ! hurlé-je hystérique. Je te hais depuis ton putain de départ de chez mon père. Je te hais de faire comme si nous n'avions jamais grandi ensemble et je te hais encore de me traiter comme une saloperie d'objet. Tu peux retourner avec tes cinglés de copains, je ne te suivrai pas. Plutôt crever.

Il me lâche mais ne me quitte pas des yeux et j'ai une irrésistible envie de le gifler. Mais il est si près que j'ai la possibilité d'examiner chaque parcelle de son visage et ça me calme mystérieusement. Je n'ai jamais ressenti le besoin de toucher à ce point les joues d'un homme, plus précisément la légère barbe entourant parfaitement l'ourlet de ses lèvres. Je m'écœure.

Ses iris glissent sur ma bouche, juste quelques secondes qui me tiennent en agonie, avant que leur couleur ne pénètre à nouveau mes rétines.

— Bon sang, il t'a touché ?! souffle-t-il d'une voix tranchante me faisant reculer.

— Quoi... Qui !

— Thènes.

Il se redresse de toute sa hauteur plus impressionnant que jamais mais pour la première fois, ses iris reflètent quelque chose de doux, une couleur au ton chaud plus velouté. Mon cœur commence à refaire son cirque.

— Combien de temps ? s'enquiert-il.

— Je ne comprends pas.

— Combien de temps a t-il osé laisser sa main sur toi ?

Je suis abasourdie. Perdue.

— Quelques secondes, balbutié-je un peu perdue de par toutes les émotions dans ma tête qui se livrent un combat acharné.

— Tu ne dois pas l'approcher.

Il me tourne le dos à nouveau et je le regarde s'en aller sans un mot de plus. J'enrage en marchant derrière lui, je le préviens :

— Oh ! Tu m'as entendue ! Putain Aden, tu as entendu ce que je t'ai dit ? Je ne te suivrai pas. Je n'ai pas peur de te défier. Je te défierai et je continuerai à le faire devant tes hommes. Tu n'as aucune raison de me retenir contre mon gré. Je n'ai pas peur de tes menaces ! Ouvre-moi, transperce-moi, poignarde-moi dans le dos mais je pars.

Il s'arrête et très lentement il revient sur ses pas, l'expression menaçante. Il s'approche assez près pour que son souffle me chatouille le nez. Sa bouche à quelques centimètres de mon front. Il me surplombe. Nous restons des secondes interminables comme cela. Je crois entendre mon cœur battre dans mes oreilles. Je fixe son buste qui se soulève pendant qu'il murmure :

— Oh si, tu as peur. Je le sais car je ressens toutes tes craintes. Je lis en toi à travers tes émotions. Je ressens chaque fibre qui vibre dans ton corps. J'anticipe chacun de tes gestes et comprends les mots que tu ne dis pas. Alors ne me fais pas croire que rien ne te fait peur car c'est parce que tu as peur que tu veux partir.

Je secoue la tête.

— Non, je...

Sa voix devient encore plus grave :

— Ce que tu ressens pour moi t'effraie. Curiosité, colère, envie, oui, toujours de l'envie. Rien de plus. Ne t'entête pas, reste pour ta survie.

Mes yeux sont obstinément braqués sur ses lèvres qui se retroussent en un sourire froid. De l'envie ? Non ! Je m'offusque et recule.

— Ce que je ressens pour toi ?! Je ne ressens absolument rien !

Il sourit avec agacement.

— Tu n'as aucun filtre pour moi. Je perçois tout, même ce que tu ne veux pas que je sache. Tu es trop vive. Trop émotive et tu m'étouffes avec tous tes sentiments !

Il replace sa capuche sur la tête. J'enrage. Pour qui se prend-t-il ?

— Je sais lire en toi, moi aussi, crois-moi. Tu...

Il me coupe :

— Je ne te déteste pas. Je le croyais et j'aimerais ça mais je ne le peux pas. Voilà pourquoi tout ce que tu as vu ou entendu est faux. Ce n'est pas moi qui t'ai demandé de partir.

Pourquoi là, tout de suite, il me donne envie de me couper les veines tellement ma vie est en vrac. Tout m'échappe, oui, il sait, toutes mes émotions sont focalisées sur lui. D'une voix vibrante, je l'incite à continuer :

— Alors explique-moi... Pourquoi j'ai cru te voir ?

Il prend une grande inspiration et ferme les yeux.

— Thènes peut construire tes songes et te donner l'impression de réalité. Il peut te proposer tes pires cauchemars ou te faire pâlir dans le plus beau de tes rêves. Ton corps transporté par le flot d'images, de sensations et de sentiments se trompera et ton esprit ne distinguera jamais le faux du vrai. Il a voulu te tester alors ne le touche plus. Le temps qu'il te touche sera le temps qu'il pourra te manipuler.

Ses yeux me sondent encore et je crois m'y perdre avant qu'il ne fasse demi-tour une nouvelle fois. Je secoue la tête, le cœur en partie émietté. Malgré tout, je le rappelle :

— Aden ! Si tu peux lire en moi. Mes sentiments ou mes émotions. Tu le sais. Qu'importe où tu comptes te rendre, je ne te suivrai pas.

Chapitre 14

CAUSE À EFFET

Surpris, il observe un instant le silence avant de murmurer :

— Tu es assez intelligente pour comprendre que tu ne peux survivre seule alors arrête de faire comme si tu n'avais besoin de personne.

Si je lui avoue que j'avais besoin de lui, je tomberais certainement dans un satané cliché mélodramatique. J'ai trop de fierté alors je ne dis rien. J'ai tellement de mal à le cerner, même à le reconnaître. Ce n'est décidément plus le garçon que j'ai connu. Sous ses airs bougons et détachés qu'il arborait durant notre enfance, je sentais une profonde affection pour moi. Il s'entêtait à me protéger, quoi que cela pouvait lui coûter mais là, je ne comprends pas ses motivations vu le dédain évident qu'il affiche pour moi.

— Je peux savoir ce que ça peut te faire que je survive ou non ?

Mon ton n'a rien de révolté, même un brin trop platonique. Je souhaite juste comprendre pourquoi tient-il à ce que je reste en vie. Aussi s'il est capable de lire les émotions, j'essaie de toutes les réfréner. Toutes en même temps, enfin presque, c'est difficile.

— Tu n'as pas idée de ce qu'il se passe et à quel point tu es importante pour certaines personnes.

Pour certaines personnes... Mais pas pour toi, pensé-je tellement fort que j'ai l'impression que ces mots m'ont échappé. Il garde le silence quelques secondes puis reprend tout bas :

— Je compte tenir ma promesse.

Je lève le menton pour pouvoir sonder la couleur de ses iris mais il les cache obstinément sous le tissu de sa capuche.

— Quelle promesse ? À qui ?

Il reste muet et se place de profil, prêt à me tourner à nouveau le dos. Il fuit une confrontation, c'est évident.

— Aden, j'ai besoin qu'on parle. Vraiment.

Il pivote enfin complètement pour me faire face. Rien ne dépasse de l'expression contrariée figée sur son visage. Il relève les yeux. La couleur dorée de ses prunelles y danse tranquillement.

— Tu nous suivras avec ou contre ton gré, j'espère que tu l'as assimilé. Ne nous fais pas prendre de risques inutiles. Tu mettrais tout le monde en danger. Une fois là-bas, le choix t'appartiendra. Libre à toi de repartir.

— Je peux savoir où et à qui vous comptez me livrer ?

Le mot « livrer » a fait grimacer perceptiblement sa jolie bouche. A ce moment-là, je me demande si je l'ai déjà vu sourire même dans mes plus lointains souvenirs.

— Nous nous rendons à une base à quelques centaines de kilomètres plus au sud. Quelqu'un t'attend. Personne ne te fera de mal, tu as ma parole.

Et toi ?

— Je devrais te croire ? Vous m'avez trouvée par hasard et maintenant je suis accablée d'une mission dont je ne connais même pas le but. Tu me menaces depuis que l'on s'est retrouvés quand tu ne me dénigres pas. Qu'est-ce que j'y gagne ?

Il plisse les sourcils, deux ridules se creusent au milieu. Cette expression appuyée et concentrée sur moi est celle que je préfère. Je me bafferais de penser cela.

— Quelques jours de plus à vivre, j'imagine. Tu évalueras par toi même que je dis vrai.

Ce n'est pas la vie que je désirais, pas celle pour quoi j'ai été si patiente. Mais vivre dans la crainte non plus. Effectivement, j'ai besoin d'évaluer les risques ensuite je m'évaporerai. J'ai appris comment brouiller les pistes, je le fais depuis que j'ai quitté Généapolis.

Et puis, il sera enfin débarrassé de moi. Je vois très bien que sous la promesse qu'il a faite à je-ne-sais-qui, je suis un fardeau. Je comprends que peut-être, j'ai toujours été un poids pour lui. Ça me remue le ventre de le penser. Est-ce pour cela qu'il est parti finalement, à cause de moi ?

Je relève le regard quand il reprend la parole d'une voix trop calme, trop profonde :

— Je devais te parler ce soir-là mais j'en étais incapable.

Mon cœur a frappé un coup sec, me faisant presque mal. Même si je ne ressens pas les émotions tout comme lui, je peux saisir en apparence les siennes, dans ses yeux couleur malachite. Une teinte correspondant faiblement à de la sincérité mêlée à des regrets. Ses traits sont si tendus que je suis prise de court. Je bredouille :

— Quel soir ? Pourquoi ?

— Aden ? Quand vous aurez fini votre affaire. Nous vous attendons.

Deneb est derrière moi et je soupçonne Aden d'avoir lâché cette bombe en ayant conscience qu'il serait interrompu.

— Nous arrivons.

Sans un regard pour moi, il s'engage vers la maison.

— Je vous suis à une seule condition, m'écrié-je.

Le doux ricanement de Deneb flatte mon audition. J'ai envie de lui crever ses beaux yeux.

— Tu ne lui as pas dit que c'était sans conditions, ni manières ?

Je le fusille du regard, il me projette un sourire moqueur.

— À moins que tu ne veuilles me porter tout le trajet sur ton dos oui, je suis contre aussitôt.

— Si je la porte le jour, elle passe la nuit avec moi aussi ? demande Deneb ses prunelles claires brillantes d'excitation.

Aden soupire et sur un ton las répond :

— Non.

Deneb est visiblement très déçu. Je détends mon majeur. Il le mérite. Je tourne mon regard vers Aden.

— Je veux seulement récupérer mes affaires. J'ai dû les laisser plus haut quand je me suis faite attaquer.

Je ne peux pas partir sans. Tout ce dont j'ai besoin et qui me reste se trouve à l'intérieur de mon sac à dos.

— Je vais te les retrouver, consent Aden.

Je réponds vivement :

— Non ! Je préfère m'en occuper.

Il m'examine. J'essaie de cacher ce que je ressens et mon pouls qui s'est mis à s'accélérer sournoisement. Il est hors de question qu'Aden touche à mon sac et encore moins qu'il en juge son contenu. Je préfère de loin me retrouver seule et perdue au milieu d'insectes et de serpents.

Il continue à m'étudier longuement et sans un regard pour Deneb, il lui lance :

— Partez devant, nous vous rattraperons.

Deneb relève ses deux élégants sourcils :

— Tu en es sûr ?

— Certain. Attendez-nous au deuxième point de ralliement. Nous ne serons pas long.

Il fait voler les pans de sa longue veste et passe devant moi. Déconcertée, je considère Deneb qui hausse les épaules simplement. Je n'attends pas et suis Aden qui s'enfonce dans la forêt.

J'essaie de le rattraper.

— Aden ! Tu ne sais même pas où tu vas.

— Je le sais exactement.

Il fend la nature comme s'il la connaissait par cœur. Il marche trop vite, avec ses longues jambes c'est facile. Je dois courir pour le rejoindre et rester à son niveau.

— Tes hommes t'obéissent les yeux fermés, on dirait, dis-je au bout de deux minutes en croyant bon de faire la conversation.

— Ce ne sont pas mes hommes, répond-t-il froidement.

Aden et sa chaleur coutumière. *Continue et on devra allumer un feu pour ne pas geler sur place !*

— Tout porte à croire le contraire.

Il met bien une minute avant de me répondre. Peut-être se souvient-il que je ne lâche pas facilement l'affaire et qu'il s'est lui-même incombé de ma présence.

— C'est ton point de vue. Leur allégeance n'est pas une question de force ou de soumission mais de respect. Ils me font confiance.

— Pour quelle raison ?

Il tire une de ses longues lames dont le métal brillant est hypnotisant et tranche net une large branche qui nous fait obstacle. Je dois faire un saut pour ne pas me la prendre sur les pieds.

— Je suis le seul à ne rien désirer. Ce pouvoir de les commander, je n'en veux pas. Ils répondent à mes demandes car ils savent que c'est le mieux pour eux, pour tout le monde.

Je profite qu'il soit un peu plus loquace pour continuer.

— Vous me cherchiez alors ?

— Nous suivions ta trace.

— Pourquoi ?

— Je te l'ai déjà dit. Quelqu'un t'attend.

— Je peux savoir ce que ce quelqu'un me veut ?

Il soupire longuement.

— Une personne assez bête pour croire qu'il peut compter sur toi.

— Je peux savoir ce que tu insinues ? je demande en sentant une légère colère m'envahir.

Oui, toute petite. Minuscule. Rhaaa... Pourvu qu'il ne la sente pas.

— Tu es très égoïste, Ava. Mais peut-être que je me trompe. Du moins, pour le bien des tiens.

Je ravale l'envie de le mordre. Ce n'est pas comme cela que font les animaux ? Il presse l'allure.

— Tu vas me livrer et partir ?

— J'ai une toute autre route qui m'attend.

— Je peux savoir où tu vas ?

— Tu poses trop de questions ! s'énerve-t-il soudain. Tais-toi !

J'ai l'impression d'être revenue à l'époque où nous étions gamins. Moi qui le martèle d'interrogations, lui qui y répond à peine. Ma poitrine se fendille un peu. Juste un peu.

— Arrête ! rugit-il.

— Que veux-tu que j'arrête ?

— Cette nostalgie dégoulinante.

Je m'immobilise et serre les poings à me faire mal. J'ai encore envie de le frapper. Si je trouve une branche assez longue, peut-être que je pourrai atteindre sa tête.

— N'y pense même pas !

J'ouvre la bouche comme un poisson agonisant fraîchement pêché. Depuis que je sais qu'il peut voir en moi, je me sens terriblement mise à nu et ça me met dans une rage folle.

— Je t'interdis de lire ce que je pense par n'importe quel biais, tu m'entends ! fulminé-je les poings sur les hanches.

Il se retourne d'un seul coup.

— Tu crois vraiment que je prends mon pied à recevoir toutes tes émotions envahissantes et discordantes ! Ça ne me plait pas ! Fais-les taire, bordel !

— Ne les écoute pas !

— Si je me ferme, nous serons aussi vulnérables que deux faibles agneaux dans la cage de dix lions.

Il reprend la route et je ne parle plus. Je me mure dans un silence éloquent. Il est vrai qu'à ses côtés, mes sentiments sont exacerbés. J'essaie de faire taire toutes ces émotions qui me brûlent la chair quand je le regarde. Mais c'est comme si j'avais perdu une partie de moi. Ma seule famille. Alors je ne peux pas faire comme si je ne ressentais rien, du moins à l'intérieur. Et s'il le voit, tant pis. Je ralentis le pas et le laisse prendre de la distance. Deux mètres puis trois puis dix nous séparent maintenant.

Il jette quelques coups d'œil en arrière pour s'arrêter définitivement.

Mon cœur bat tellement fort que je suis certaine qu'il l'entend aussi. Mais je m'en fous. Qu'il prenne en pleine tronche mes sentiments dégoulinants !

Je passe devant lui sans un seul regard. Il reprend sa marche et me suit, me gardant dans sa ligne de mire. Je sens sa présence comme si elle me pesait sur le dos.

— Nous arrivons bientôt devant le torrent. Une fois dépassé, ne parle plus. Je n'espère pas trop t'en demander, me lance-t-il cynique.

Je rêve où il me prend de haut. Je fais volte-face.

— Tu me prends visiblement pour la petite fille que je ne suis plus. C'est la dernière fois que je te permets de me juger, répliqué-je glaciale.

Me traiter d'égoïste sonnait déjà très mal dans mes oreilles.

— Je te jugerai comme il me convient. Et tu ne me donnes pas tort. Tu n'as rien d'une « femme » réfléchie, tu agis sur des coups de tête. Si je ne t'avais pas sortie des eaux, tu serais déjà morte.

— M'obliger à vous suivre, c'est pareil ! Je ne t'ai rien demandé !

Il m'observe avec un trop plein de rancune que je ne comprends pas.

— Tu n'as pas changé...

Je vois rouge.

— Qu'est-ce que je t'ai fait, bon sang ! Tu m'en veux ! Avoue, d'où vient toute cette colère dirigée contre moi !

— Toute cette colère ? Contre toi ? Pour être en colère, il faudrait que tu m'inspires des sentiments et je n'en ai aucun qui me vienne te concernant.

Je suffoque de rage. Qu'il crache le morceau une bonne fois pour toute qu'on mette fin à ce combat fatiguant.

— C'est à cause du baiser ? C'est pour cela que tu es parti ?

— Ne parle pas de ça ! Plus jamais, je te préviens ! gronde-t-il en s'approchant de moi.

Je lève le menton à mesure qu'il s'approche, plus intimidant que jamais, ses yeux projetant des flammes brûlantes.

— Alors c'est donc cela ? Tu m'as abandonnée pour un unique et ridicule baiser ? On aurait pu faire comme si rien ne s'était passé ! Oublier cette erreur ! Ne plus y penser !

Ses prunelles se sont colorées d'un marron qui rougit par intermittence. Son visage n'est plus qu'à quelques centimètres du mien. Son souffle fort et désordonné me balaie le visage. Sa voix m'écorche la peau et me comprime le cœur.

— Ils m'ont traité comme une bête sauvage. Alors non Ava, je n'aurais pas pu oublier. J'ai eu le temps de penser à ce ridicule et insignifiant baiser ! Et à tout le mal qu'il m'a fait.

Chapitre 15

PRÈS DU FEU

Mon cœur a fondu sous l'acidité de ses paroles. Rien a cillé sur son visage, ses yeux n'ont même pas cligné une seconde. Après une longue respiration le regard tenace, il reprend la route. Je suis plus tremblante que je ne l'ai jamais été. Je me mâchouille l'intérieur de la joue. Il m'a coupé les jambes et c'est à peine si je peux encore marcher.

Que lui a-t-on fait ? Qui a osé lui faire du mal ?

Toi ! Toi ! Toi !

Je suis soudain dévastée et je m'arrête. Le buste en avant, les paumes sur les genoux. Je ne peux plus bouger. J'essaie de respirer mais l'air manque cruellement sous ce sous-bois étouffant. Il a le droit de me détester, il en a parfaitement le droit.

— Ava ?

Sa voix est si calme. Plus que ce que je ne le mériterais. Il savait qu'en m'embrassant, il subirait les conséquences, voilà pourquoi il me repoussait. Il a subi mes erreurs... une triste habitude.

— Laisse-moi.

J'ai besoin de le repousser. J'ai besoin d'être loin de lui. Qu'il ne voit plus dans mes yeux l'enfer qu'il a dû vivre. Je marche la main sur le ventre et mon autre paume se blesse sur l'écorce rugueuse d'un arbre. Je reste pliée en deux. Le cœur au bord des lèvres, je vomis. Je vomis la faible quantité de nourriture dans l'estomac.

— Arrête, putain arrête !

— Je ne peux pas. J'ai mal au ventre, je gémis alors que je sens encore la bile remonter dans ma trachée.

— Je ne te demande pas d'arrêter de vomir, mais de cesser de t'apitoyer sur mon sort !

Sans que je ne comprenne pourquoi, il se place derrière moi et me retient, son grand bras entourant mon ventre et l'odeur du cuir me chatouille les narines. Surprise, je me redresse d'un coup et mon dos heurte son torse ferme et je peux nettement l'imaginer très musculeux. Son souffle fort me percute le cou. Un truc se passe, un putain de truc se passe ! Les secondes s'enchaînent, la pression de son bras se resserre et je me laisse aller contre lui, alanguie.

— Aden, je me sens bizarre...

Sans crier gare, il me soulève facilement et me voilà, perchée sur son bras comme un chaton, les pieds et les bras ballants à subir les aléas du terrain qu'il foule en ignorant mes protestations. Quand il saute au-dessus de troncs qui lui barrent le passage, ça me coupe le souffle. Je crie pour qu'il me lâche mais il se met à courir plus vite, efficacement. Je reçois quelques branches en plein visage, certaines me griffent et déchirent un peu plus ma pauvre combinaison et bientôt, il me projette en l'air et je crois faire l'étoile. J'imagine que je vais m'étaler par terre mais au lieu de cela, j'atterris dans l'eau en un plat phénoménal, pouvant être intitulé celui du siècle. Ce n'est pas profond mais je bois la tasse sous la panique. Je bats des jambes et des bras. Je prends enfin appui sur mes pieds et ressors de l'eau, ma queue de cheval à moitié défaite et de grosses mèches barrant mon visage. L'eau m'arrive jusqu'au buste et je me mets à hurler à me faire sortir les tripes :

— Putain, mais t'es un grand malade !!!

Ses lèvres s'étirent en un sourire satisfait.

— Je préfère cela.

— Tu... tu... Bon sang, bouge pas, je vais t'arracher les yeux.

Je sors de l'eau tant bien que mal, les semelles de mes bottes glissant sur la glaise des rochers. Une serpillière mouillée, voilà à quoi je dois ressembler.

Mais je m'en fous, je fonce sur lui comme un missile, le corps tendu, les deux poings en arrière, ivre de rage. Il croise les bras sur sa large poitrine, ses paupières se plissent.

— Ce que tu t'apprêtes à faire ne sert à rien. Tu vas te fatiguer.

J'ai envie de le frapper, le griffer, le pincer, jusqu'à ce que cet air supérieur quitte son visage mais il n'a pas tort, il doit faire le double de mon poids alors je me place juste devant lui et pointe mon doigt à la hauteur de son nez.

— Je te préviens si tu oses encore une seule fois me toucher...

— Tu vas faire quoi ? demande-t-il amusé.

Voilà que je le divertis à présent...

— Je vais, je vais... Il y a bien des moments où tu dors non ? demandé-je avec sérieux.

— Toujours que d'un œil.

— Et bien, je vais te le crever !

Il éclate de rire... deux misérables secondes.

— Tu es bien trop prévisible.

Il me contourne et se dirige vers le bassin naturel du torrent dans lequel il m'a balancée comme un filet de pêche. Je le regarde le traverser en sautant agilement de rocher en rocher. Je crie en mettant mes mains en porte-voix pour couvrir le bruit de l'eau :

— Prévisible comme le baiser ?!

C'est vrai, s'il peut tout anticiper, il aurait dû le voir venir, non ? Pourquoi m'a-t-il laissée faire ?

De l'autre côté de la berge, il se retourne, son regard me lance des flammes.

— Je te conseille de te taire. Si tu te souviens bien, à partir de là, pas un bruit.

Je passe le bout de mon majeur sur les lèvres, du coin extérieur gauche jusqu'au coin droit, et j'y ajoute un sourire désobligeant. Il ne réagit pas. Ce mec est un bloc de glace.

Mais voilà qu'il remonte la rivière. Il est hors de question qu'il mette la main sur mes affaires avant moi. Je cours à sa suite et imite ses pas en essayant de ne pas retomber dans l'eau. Trempée comme je suis, je prie pour ne pas attraper une sale maladie même si la plupart des virus sont aujourd'hui inoffensifs.

Une fois à ses côtés, je ravale ma colère alors qu'elle me ronge les cellules nerveuses. Qu'il ne croit pas que j'ai lâché l'affaire, il parlera.

Nous marchons longtemps, très longtemps. J'essaie de me vider l'esprit mais c'est quasi impossible car beaucoup trop de questions troublent ma conscience, en particulier celle-ci : qui a voulu l'enfermer ? Serait-ce mon père ? C'est la plus plausible des réponses mais pourquoi ? Pour un baiser inoffensif ? J'ai dû mal à le croire. Je tente de réfléchir en figeant mes émotions pour ne pas perturber « Monsieur ». C'est un exercice inédit qui demande sûrement beaucoup d'entraînement. En effet, plus j'essaie moins j'y arrive, il faudrait être fait d'acier pour ne jamais rien ressentir.

Je soupire fortement et contre toute attente, je l'entends murmurer :

— A cette époque, je ne maîtrisais pas tout. Et peut-être que je suis coupable autant que toi. Je ne le saurai jamais. Voilà pourquoi je tiens en sommeil certaines capacités, je peux faire beaucoup de mal.

Un peu déboussolée, je l'observe. Son air las me trouble énormément. Mais je ravale mes sentiments, un séjour dans l'eau m'a suffi.

Il me montre le pic d'une falaise sur le côté d'une cascade et quand je ramène mon regard sur lui, il est déjà en train d'escalader la roche. Je grimpe sans réfléchir aux conséquences d'une chute si je loupe une prise et une fois au sommet, je refuse sa main tendue. Il ne me fait aucune remarque.

Nous marchons encore jusqu'à la fin de l'après-midi et je ne sais pas par quel miracle, nous nous retrouvons devant la petite maison qui m'avait fait office de refuge. Je cours ramasser mon sac resté sur le sol. Je regarde à l'intérieur et c'est avec soulagement que je constate que tout y est. Je le ferme, le place sur mes épaules et me lève. Je scanne le sol à la recherche de mon couteau. Il m'est indispensable. Sans lui, je suis sans défense et si je ne le retrouve pas, je n'ai plus qu'à retourner d'où je viens.

— Est-ce cela que tu cherches ?

Aden détient mon arme précieuse qu'il fait passer entre ses doigts. Je me fige.

— Je suppose que tu ne vas pas me le rendre ?

— Tu supposes bien.

J'ai encore envie de l'écorcher vif. Bien à vif.

— Je t'ai déjà assuré que je vous suivrai.

D'habitude, la plupart des gens croient à mes mensonges...

— Permets-moi d'en douter et j'ose imaginer que tu n'es pas assez folle pour te promener désarmée. Disons qu'il s'agit d'une garantie. Je te le rendrai une fois là-bas.

Alors ma vie n'est qu'une interminable soumission... Je soupire lourdement et baisse les yeux. Je me force à ne pas penser et à calmer mon pouls. Je ne veux surtout pas qu'il découvre mes desseins. A chaque nouvelle épreuve, une solution. Je réfléchirai en temps voulus. Loin de lui.

— Nous allons rester ici cette nuit, annonce-t-il.

Il examine la baraque face à nous.

— Pourquoi ?

— Nous sommes suivis. Il faut que je règle cela avant que nous reprenions la route.

Je sens un vent glacial me parcourir le dos me faisant frissonner. Il doit sûrement parler des créatures mi-homme, mi-bête.

— Tu comptes les... ?

— Faut-il vraiment que je réponde... me coupe-t-il sans me regarder.

J'ignore son ton digne d'un homme des cavernes. Il ouvre la petite porte d'entrée et sûr de lui, s'introduit sans arme au poing dans la maison.

— Tu n'es pas obligé de tuer, dis-je en le suivant.

Il soupire, l'air irrité.

— Ils sont capables de faire tout ce que tu peux imaginer de pire. Crois-moi, tu préférerais mettre un terme à ta vie plutôt que de tomber entre leurs mains. La chose que tu as vue et qui te poursuivait est à l'origine de la disparition d'une des filles qui nous accompagnait. J'ai senti son sang sur lui et il est mort pour cela.

Il brise une petite table en bois.

— Vous n'avez pas pu la sauver ?

— Elle a désobéi et en a payé le prix.

— Comment cela ?

— Elle savait ce qui l'attendait en nous accompagnant mais elle désirait plus. (Il s'accroupit et place du papier sous le bois dans la petite cheminée puis fait des étincelles avec deux silex) Elle a pris des risques inutiles en pensant que j'allais la rattraper. Je n'ai pas de temps à perdre avec les sentiments des uns et des autres.

Je reste un instant coite. Il serait donc à l'origine de sa fuite. Il l'aurait éconduite ou un truc comme ça. Il parait tellement insensible. Il braque sur moi un regard glacial voulant dire « Je me fous royalement de ce que tu penses ». Je reste silencieuse, le feu prend vie. Je me mets à genoux et tends les mains vers la source de chaleur.

— C'est propre à un jeu d'échec, sache que celui qui lui a fait cela, n'est qu'un pion et que le pire est à venir. S'ils attaquent, je les tuerai. C'est comme cela que ça se passe, finit-il alors que les flammes se mettent doucement à consumer le bois vernis diffusant une odeur âcre.

— Les lois de la nature, dis-je sans pouvoir retenir un profond ressentiment.

Je reste encore indignée par son manque d'humanité pendant que ses prunelles d'un bleu glacé me scrutent intensément. Son attitude froide d'assassin pourrait intimider n'importe qui mais aussi attirer n'importe quelle femme. Sous ses airs ténébreux et ses traits aussi virils que beaux, il pourrait aisément se constituer un harem même en ces temps d'indigence du sexe féminin. Des lionnes autour d'un seul lion, voilà l'image qui s'impose dans mon esprit quand je le regarde.

J'avoue qu'à ce moment-là, ses yeux perçants les miens, il me séduit. Malgré toute la colère qu'il m'inspire, tout mon corps et principalement la partie basse de mon anatomie qui manque cruellement d'intelligence réagissent à son physique indécent.

Il est évident qu'Aden peut avoir qui il veut et je me demande comment un homme comme lui peut accepter le célibat alors qu'aujourd'hui il ne vit plus au sein d'une société freinée par les règlements et les codes.

— Les lois de la nature, oui, souffle-t-il en tournant le regard vers le feu.

Sa voix rauque me tire de mes songes. Je cligne plusieurs fois des paupières pour me démystifier de son attraction et je constate avec déplaisir que j'étais en train de plonger dans ses yeux. Foutus phéromones. Je m'éclaircis la voix.

— Qui sont-ils ? Des demi hommes ? Des horreurs de la nature ?

Il fronce les sourcils.

— Je dirais une race supérieure à l'homme créée par l'homme lui-même.

— Sup... supérieure ? Impossible.

Un petit rire moqueur s'échappe de ma gorge. Il me lance un regard mauvais.

— Ces horreurs de la nature, comme tu les appelles, n'ont pas peur des pertes. Ils ne pleurent pas les disparus, ni enterrent leurs morts. Ce qui compte sont la survie et la prolifération de la race. Ils survivront à leurs créateurs.

Je me demande si mon père est à l'origine de ces êtres et ça me fait froid dans le dos.

— Et toi ? Tu te crois au-dessus de tout ça, n'est-ce pas ? rétorqué-je, piquée malgré moi.

— Au-dessus ? Pour prétendre être au-dessus, il faudrait que nos espèces soient comparables. Maintenant, profite du feu, dans dix minutes, je l'éteins.

Il se lève et je fais de même.

— Attends. Où m'emmènes-tu ? J'ai le droit de savoir.

Je le retiens par le bras mais le regrette aussitôt. Son regard plus sombre me pousse à le lâcher avant qu'il ne se perde dans l'espace de la pièce. Il murmure :

— En sécurité. On fonde de grands espoirs sur toi. (Son visage accueille un sourire sans émotion) Malheureusement, tu es incapable d'agir pour les autres.

Je hausse mes sourcils.

— Je peux savoir ce qui te fait penser cela ?

Sa mâchoire se crispe et il ne cache pas son hostilité, il s'adresse à moi plus sèchement :

— Parce que tu es comme ça. Je perçois la même chose en toi qu'avant. C'est exactement ce que je déteste chez les hommes. Votre éternel envie de posséder ce que vous n'avez pas. Et ça me fait rire. Ils croient que tu te plieras. Par principe ou pour le bien de l'humanité. Mais tu n'as jamais su faire preuve de sacrifice.

Voilà qu'il recommence à m'insulter. Ça devient une fâcheuse habitude. Je plante mes deux poings sur les hanches.

— Qui te permet de me juger ?

— Je dis la vérité même si cela te déplaît de l'entendre. Tu penses avoir une âme charitable peut être ? Laisse-moi rire, tu n'as de l'empathie pour personne, au pire seulement de la pitié ou de la culpabilité. Ce sont des choses très différentes. Donc oui, je te juge mais avec pragmatisme. On a tous un pêché mais toi, tu détiens le pire : l'égoïsme. Il est hors catégorie. C'est le plus dangereux.

Mon cœur bat à s'éclater face à toute l'émotion qui jaillit de ses mots. Je ne peux pas le laisser dire un truc pareil, j'éructe :

— C'est faux !

— Ah oui ? Rappelle-toi un jour, une seule fois où tu as fait preuve de générosité ? Le don de soi ne t'est en aucune façon familier.

Je cherche dans les recoins de mon cerveau un moment et rien ne me vient dans l'immédiat. Mais bon sang, comment aurais-je pu donner aux autres, j'ai toujours été coupée du monde.

— Je ne comprends pas ce sentiment d'injustice qui émane de toi. Encore une fois, tu t'apitoies sur ton sort.

Je pense très fort : « connard », puisse-t-il l'entendre !

Il poursuit :

— Je t'emmène là-bas car un jour j'ai fait une promesse. En d'autres termes, ne crois pas une seconde que j'ai envie de passer du temps avec toi ou que je ressens le besoin de réactiver un quelconque lien entre nous.

Mon ventre et les entrailles à l'intérieur se sont resserrés d'un coup.

— Et moi alors ! Tu crois que ça me plaît de t'écouter déblatérer des...

Il marche en direction de la sortie et me coupe comme si mes paroles ne l'intéressaient pas outre mesure.

— Je vais nous trouver de quoi nous restaurer, en attendant change toi, les nuits sont fraîches.

— N'est-ce pas ! hurlé-je avant que la porte ne se referme sur lui.

J'en peux plus de sa colère ardente et déclarée contre moi. Elle est disproportionnée. Concrètement, mis à part le baiser qu'il semble assumer en partie, je ne lui ai rien fait !

Je ramasse mon sac avec un désappointement total et récupère une combinaison kaki. J'essaierai de le comprendre plus tard, en attendant, je dois me changer avec mon unique tenue de rechange.

Je sors du petit salon et entre dans une vieille cuisine attenante. Je me mets dos à la porte et commence à faire glisser la fermeture centrale de ma combinaison et descends mon vêtement le long de mon bras puis je passe à mon autre manche. Le tout repose sur le haut de mes hanches.

Un bruit fracassant de verre me fait sursauter et je plaque mes bras sur ma poitrine. Une espèce de monstre aux côtes saillantes et aux doigts extrêmement longs est passée à travers une fenêtre et se trouve devant moi. Mon cœur va s'échapper de ma poitrine face à cette horreur sans nom. Je regarde autour de moi à la recherche d'une arme pendant que cette espèce de chose avance en ma direction.

— Est-ce toi ?

Ce truc parle ? Je réponds :

— Non !

Dire oui me parait suicidaire. Ses gros yeux de batracien se posent sur la tâche de naissance visible sur ma hanche.

— Oh si, c'est toi, susurre-t-il d'une voix aigre et désagréable.

Il avance et je serre plus fort mes bras autour de moi.

— Ne m'approche pas ! dis-je d'une voix rendue chevrotante par la peur.

Aden, c'est le moment de ressentir mes putains d'émotions !

M'a t-il entendu ou non, il entre dans la pièce et rapidement se place devant moi. Je remarque que les dents de sa lame sont déjà couvertes de sang.

— Tu es mort. Je vous ai déjà prévenus, gronde-t-il sur un ton des plus intimidants.

Un autre homme au faciès plus reptilien passe par la même fenêtre brisée et je suis saisie d'horreur.

— Tu ne pourras pas toujours la protéger, dit ce dernier. Ils arrivent.

— Je les attends.

La chose se met à rire, mais les sons qui sortent de sa bouche ressemblent plutôt à des glapissements. Je frissonne pendant qu'Aden s'étend comme s'il voulait que les bêtes jugent de sa taille et de sa force.

— Ceux-là, tu peux les tuer, je lui murmure, tremblante de la tête aux pieds.

Il recule jusqu'à ce que son dos touche mon buste et ses doigts rassurants se referment sur ma hanche. Il penche le visage sur le côté avant de murmurer :

— Quoi qu'il se passe reste derrière moi.

Je ne discute pas, je ne tiens pas à tomber entre les griffes acérées de ces choses, qui avec intelligence, ne se mettent pas à portée de l'arme d'Aden. Elles nous tournent autour en se déplaçant très rapidement. Mes mains toujours plaquées sur mon soutien-gorge, je n'ose plus bouger. Mes jambes répondent seulement sur ordre d'Aden devant moi qui me maintient toujours fermement derrière lui. Effectivement, sa capacité est redoutable car il anticipe chaque mouvement et déplacement des deux bêtes.

— Approchez, leur intime-t-il d'une voix grave.

Malgré la situation dangereuse, je me sens indestructible car j'ai le sentiment que lui vivant, Aden ne les laissera jamais me toucher. Il se baisse légèrement, attendant l'attaque que j'imagine imminente.

Mon pouls s'est arrêté quand une des choses a sauté sur un mur pour se projeter sur nous. Aden s'est reculé et mon dos a percuté la porte, me coupant le souffle. Une demi-seconde est le temps pour cligner des paupières mais aussi pour que les têtes des deux bêtes roulent sur le sol, le cou tranché. Je n'ai pas poussé de cri. Plus soulagée qu'horrifiée. En deux secondes, Aden me fait sortir et claque la porte derrière nous.

Mes muscles se relâchent et je pousse un long soupir. Mon cœur ne cesse ses battements assourdissants. Aden reste devant moi.

— Ils ont été plus lâches que prévu. Ça va ?

Ses yeux sont toujours aussi rouges mais sa voix est si douce. Mon cœur est trop chamboulé. Son corps touchant presque le mien, il m'envoie un million de décharges électriques. Il essaie de capter mon regard.

— Je ne sais pas, j'arrive à murmurer.

Aden baisse les yeux sur ma poitrine qui se soulève et redescend encore affolée. Affolée par ce qu'il se passe entre lui et moi. Est-ce le réflexe de toute victime de vouloir s'accrocher au cou du héros ? J'ai odieusement envie qu'il me prenne dans ses bras.

Son arme rejoint l'autre derrière son dos. Il a conscience qu'il est trop proche, j'en suis certaine. J'ai besoin qu'il me touche. J'ai besoin qu'il le fasse. Maintenant.

Avec langueur, je libère mes bras pour qu'il puisse aisément juger cette partie de l'anatomie féminine. Ses iris oscillent entre l'orange et le doré. Ses sourcils se froissent comme si la vision de mon corps lui était douloureuse.

Ses doigts glissent doucement sur ma nuque puis entre mes cheveux et quand leur chaleur touche mon crâne, j'expire avec un plaisir déroutant. J'ai une envie furieuse qu'il tire dessus et de sentir son corps visiblement très tendu se presser contre le mien. Je veux qu'il m'embrasse pour me rappeler à quel point son baiser est le meilleur que j'ai connu ou si je l'ai tout bonnement enjolivé. Phéromones ou autres messages chimiques, je m'en fous, ce qu'il m'envoie m'alanguit et me fait du bien. Je fixe sa bouche charnue qui s'approche de mon oreille. Mon ventre se contracte en sentant son souffle sur ma nuque.

— Rhabille-toi.

C'est donc cela que l'on ressent pour correctement utiliser l'expression : douche froide. Il me jette un dernier regard avant de me libérer et je respire avec difficulté. Je suis un peu remuée et il ne me fera pas croire qu'il ne ressent rien. Je jurerais qu'il freine ses ardeurs. En tremblant, je replace la combinaison sur mes épaules. Je ne sais pas ce que je cherche, peut-être simplement qu'il l'avoue.

— Ils étaient quatre, dit-il mine de rien quand je le rejoins.

Il est debout près du feu. Les muscles encore contractés à en juger ses pectoraux qui tendent le t-shirt sous sa veste. Cet homme est un danger.

Du sang coule de son bras gauche. Je lève mon visage vers le sien. Ses prunelles semblent s'alimenter des flammes.

— Aden, tu es blessé.

Il ne répond pas.

— Tu n'as pas mal ?

Les secondes se consument entre nous, l'air s'est raréfié.

— Pas vraiment, grogne-t-il enfin.

Je baisse un instant les yeux.

— Pas de plaisir, pas de douleur, je souffle tout bas.

Ses iris se plantent dans les miens. Une colère vivace regagne ses traits.

— Pas de douleur ? s'emporte-t-il.

— Oh, calme-toi, ok !

Il marche jusqu'au fond de la salle.

— Que je me calme !? Ne crois pas un seul instant que j'aurais des remords à prendre ce que tu sembles m'offrir mais...

— Mais quoi ? Tu es loin d'être insensible Aden, avoue-le !

Je fixe la bosse très avantageuse flattant son entrejambe. Si mon caractère ne lui plaît pas, au moins mon corps le fait réagir. Mon cœur est mis à mal face à ce moment très capiteux que j'ai provoqué. Ce que je n'avais pas prévu c'est qu'il avance jusqu'à ce que je sois obligée de lever le menton pour le regarder. Mon ventre n'est plus qu'un brasier.

— Tu comptes vraiment jouer à ça avec moi ? Tu risques de te brûler.

Des flammes crépitantes animent ses prunelles. Alors c'est cela quand il a faim, du feu et de la lave. Du rouge, du jaune, toutes les nuances chaudes d'une palette de couleurs.

197

— C'est peut-être toi, qui vas fondre le premier, murmuré-je d'une voix plus audacieuse et enrouée.

— Pour tout te dire, je déteste passer après les autres... et puis pourquoi je perdrais mon temps, si je le voulais, je jouerais avec chacune de tes émotions. Je peux te rendre ivre d'envie, comme folle de désir pour moi, Ava.

Je crois que mon cœur a fondu. Il se détourne et avant de quitter la pièce, il ajoute tout bas :

— Mais à ce jeu-là, tu as déjà perdu. Plusieurs fois.

Chapitre 16

QUAND LA ROUE TOURNE

Il sort de la maison avec précipitation.

— Aden ! Reviens !

Il ferme la porte que j'ouvre juste derrière lui.

— C'est quoi cette putain de manie de fuir ! Arrête-toi !
Arrête-toi ou je hurle !

Il se stoppe d'un coup et je peux voir ses épaules plus
voûtées que jamais se soulever aux rythmes de ses respirations.
Je crois qu'un champ magnétique s'est formé autour de lui et
face à cette énergie invisible, je recule d'un pas. Il rejette sa
capuche en arrière. Ses épais cheveux hérissés jouent avec le
vent.

— Tu veux dire que tu as déjà usé de tes capacités sur
moi. C'est ça que je ressens, cette envie de...

Il se retourne.

—... de moi. Ouai !

J'écarquille les yeux, choquée. Il l'avoue en plus ! Sans
honte, ni regret. Même d'où il est, il parait grand et encore plus
alors qu'il assume ouvertement de s'être plusieurs fois moqué

de moi. Il m'écrase comme un misérable insecte. S'il peut contrôler mes émotions, il peut faire ce qu'il veut de ma personne. Je suis finie car comment puis-je identifier quand il joue ou ne joue pas avec moi. C'est terrifiant. Et maintenant, son regard moins lumineux est troublant. Il ferme les yeux et recule, les paupières toujours closes.

Non, il ne fuira pas.

— Reste là, tu m'entends ?! Tu as joué avec mes émotions, tu as osé ! Espèce d'hypocrite !

— A peine. Estime-toi heureuse que je ne sois pas allé plus loin.

Je vais exploser.

— Que... Que je m'estime heureuse !? Tu perds la tête ?! Tu n'as pas le droit. Personne n'a le droit de faire un truc pareil. Je n'ai aucun moyen de me défendre contre ça ! (Avec dégoût, je le jauge de la tête aux pieds) Mais qui es-tu réellement ?!

La rage fait dresser tous les poils sur ma peau.

— Tu n'as pas besoin de te défendre, tu es déjà condamnée, place-t-il froidement.

Mes entrailles se sont serrées tellement forts que tout mon corps souffre de frissons douloureux. Le bout de mes doigts fourmille. Chaque racine de cheveux s'est dressée. Le regard d'Aden n'est plus glacial mais juste moins arrogant, incertain. Déroutant. Une peur soudaine s'engage dans mes cellules nerveuses.

Il avance d'un pas.

Putain, il sait déjà ce que je m'apprête à faire, mais qu'importe, je cours déjà. Malheureusement, ma fuite n'a duré que cinq petites secondes avant que ses mains agrippent mes hanches pour me faire pivoter face à lui. Je me débats avec toute la violence d'une proie voulant sauver sa vie.

— Putain, je ne t'ai rien fait. Tu le sais ! Je n'ai jamais voulu te faire du mal, tu le sais aussi ! Alors pourquoi tu fais ça ?! Pourquoi tu fais ça !!! je hurle avec mes tripes.

— Ça ne change rien, souffle-t-il en me retenant sans effort.

Et alors que j'essaie en vain de me dégager, un truc percute mon cerveau. L'homme a toujours été au sommet de la chaîne alimentaire. Il pouvait vivre seul, sans crainte du prédateur mais je me rends compte, mon corps coincé entre les mains puissantes d'Aden, mon esprit pouvant être son prisonnier, que la donne a changé. L'évolution a simplement pris le dessus. L'homme sans modification génétique est devenu une proie aussi banale et faible qu'une autre.

Le conscient misérable, j'arrête de remuer. J'ai compris ce qu'il veut dire. Il a le pouvoir de faire ce qu'il veut d'une espèce insignifiante. Je suis si lasse que j'ai l'impression que mon corps s'est transformé en liquide. Aden desserre sa prise, il sait que j'ai laissé tomber mes rêves. Je murmure :

— En attendant mon heure, je ne souhaite plus que tu m'approches, en contrepartie je jure de vous suivre sans vague. Deneb peut bien prendre ta place... Tu sais que je dis la vérité.

Face au silence, je relève les yeux et plonge dans un regard poudré d'or et tacheté de cuivre aussi grave que brûlant. Mon pouls commence à s'affoler.

— Aden, qu'est-ce...

Ses lèvres s'écrasent sur les miennes. Mon ventre s'est électrifié et les décharges remontent foudroyer mon cœur encore et encore. Ses mains maintiennent mon visage, je ne peux plus bouger. L'effet de ses lèvres sur moi est plus puissant que tout ce que j'ai connu. Le champ magnétique m'a englobée avec lui. Je suis entrée dans une dimension nouvelle. Accrochée à sa veste, je ne sens même plus mon corps mais seulement le contact de sa peau et la chair de ses lèvres possédant les miennes. Le reste a disparu pourtant tous mes sens sont décuplés ; le goût, le toucher, l'odorat. Aden est entré dans chaque synapse de mon cerveau et en a explosé chaque cellule. Il a ouvert toutes les portes d'un coup et je vois clair. Je tombe pour lui. Je tombe mais j'ai l'impression de m'élever plus haut que jamais. Il absorbe mon essence vitale pour la mélanger à la sienne.

Qu'est-ce que je ressens quand il prend mes lèvres pour les délaisser puis recommencer ? Le plein absolu puis le vide. Une chute vertigineuse.

Sa langue revient taquiner l'extérieur, puis l'intérieur de mes lèvres, elle glisse entre mes dents puis goûte mon palais. A ce moment-là, les lois n'existent plus. La vérité est dans cet acte grisant. Les chaînes du réel se sont brisées. L'ensemble de mon être est concentré sur la texture épaisse de ses lèvres me dévorant, terriblement possessives. Mes battements deviennent assourdissants. Ce n'est pas mon cœur qui me maintient en vie, c'est ce baiser brutal et exigeant qui me nourrit.

La première fois j'ai tremblé, j'ai été touchée, intimidée et inhibée par le flot de sensation trop fort pour une gamine. À présent, sa langue experte s'enfonce dans ma bouche et puise dans mes désirs de femme avec érotisme. Bon sang, un baiser peut-être à ce point stimulant et furieusement excitant. Je n'ai jamais mouillé mes cuisses pour un seul baiser mais son souffle fort et saccadé, ses cheveux, son visage, ses yeux fiévreux, son corps même dissimulé, tout en Aden m'excite comme une nympho première de sa classe.

J'essaie de reprendre mon souffle mais je pourrais pleurer s'il arrête. Son regard voilé et dangereux rivé au mien, il introduit ma lèvre dans sa bouche en une succion et je suis sûre qu'elle me laissera un bleu. Le léger grognement qui sort de sa bouche me fait frissonner. Putain, c'est trop bon.

Sa grande main glisse le long de mon cou et se fige à l'orée de ma poitrine. Je ne sens plus qu'elle et je ne désire plus qu'une seule chose c'est qu'elle capture mon sein. Mais ses longs doigts remontent et se referment autour de ma gorge. Son autre main emprisonne une poignée de mes cheveux. Son baiser me dévore, il devient une morsure. Il creuse un passage chaud et humide jusqu'à mes failles les plus profondes.

Je presse davantage mes hanches contre les siennes désirant le sentir un peu plus. Un gémissement rauque dépasse ses lèvres. Sa grande et lourde veste en cuir noir et les vêtements en dessous sont de trop. J'aimerais ressentir sa peau nue sur la mienne pour connaître enfin le plaisir de le toucher. Est-ce que j'imagine seulement des fantasmes fous et insensés pour lui ? Je ne sais pas mais je ressens pour la première fois un besoin excessif d'être remplie. Si son baiser me dévore, le reste pourrait me consumer ou me détruire. Son érection longue, tendue et épaisse, contre mon ventre me ramène à la réalité. Mon estomac reçoit plusieurs volts à la seconde. Aden est incroyablement bien bâti...

Il ferme les paupières et ralentit le rythme. Il réduit et relâche sa force mais je me doute que c'est parce qu'il interagit avec mes sentiments. Alors que je suis aveugle, juste guidée par des sensations, lui grignote chacune de mes émotions. Sa langue me pénètre encore mais s'enfonce plus lentement me faisant perdre la tête et toute raison. Je me demande si lui aussi pense comme moi. Si lui aussi veut... s'abandonner. Il faut qu'il sache que je ne suis pas vraiment la femme expérimentée qu'il croit. Entre mes respirations irrégulières, je murmure :

— Aden, je suis vierge.

Il a ouvert les yeux et ses prunelles sont en fusion. Elles se posent sur chacune des miennes. Il baisse légèrement le visage et répond :

— Je sais.

Il sait...

Bon sang, il sait ! Je me dégage un peu de son corps, essayant de comprendre. Pourquoi n'a t-il pas cessé de m'accuser de relations et m'insulter alors qu'il sait... Sa mâchoire se crispe tandis que ses doigts libèrent mes cheveux. Il recule d'un pas m'obligeant à décrocher mes mains de sa veste.

Je secoue la tête pour lui indiquer que je ne comprends plus rien.

Sa respiration s'est déjà ralentie. Pendant que la couleur de ses yeux se fige d'un bleu sombre, il ajoute d'un ton on ne peut plus distant :

—Le sexe est une chose mais il peut se pratiquer égoïstement, sans attache, ni sentiment. Tandis qu'embrasser une personne est la plus intime des preuves d'affection et d'amour entre une femme et un homme. C'est ce qui nous différencie des bêtes. C'est une communion, un acte qui lie deux personnes l'une à l'autre. Par contre toi... toi Ava, tu n'as eu de cesse de distribuer tes lèvres et souvent avec irrespect et désintérêt. Vierge ou pas. Cela n'a aucune importance. Pas à mes yeux en tout cas. Tu veux savoir si j'ai joué avec tes émotions cette fois ? La réponse est non. Inutile de te demander ce que tu as ressenti, ainsi ce que cela fait d'être utilisée.

Chapitre 17

AMANTS MAUDITS

Mon poing part tout seul s'écraser contre sa joue. Il détourne à peine le visage sous l'impact. Ses yeux rougissent dangereusement. Note pour plus tard : vérifier si je ne me suis pas péter les phalanges.

— C'est la dernière fois que je te laisse faire ça.

Sa voix rocailleuse est lourde de menaces mais il ne me fait pas peur.

— C'est la dernière fois que tu m'embrasses ! La dernière fois que tu m'insultes ! Je me fous de ce que tu penses. Tu as raison, je me fous de me taper n'importe qui. D'embrasser ou de baiser avec toi ou un autre. La virginité, la pureté, tout ça n'a aucun sens pour moi. Elles en auraient si je voulais te plaire ou encore si je croyais en Dieu. Je t'ai dit que j'étais vierge pour que tu ne sois pas surpris si on passait à l'acte. Car oui, j'ai envie de coucher avec toi. C'est juste une question d'attirance physique, d'envie comme tu l'as si bien dit. Mais il faut croire que tu as du mal à passer au-dessus de cela, tu es bien plus humain que moi... Aden. Bien trop sentimental.

Je prononce les derniers mots comme une insulte et j'espère l'avoir blessé. Mon corps entier est encore tendu par les nerfs. Mon cœur s'est alourdi de rancune. Pourtant, je ne m'attendais pas à ce sourire qu'il me retourne, il me déstabilise tant son regard se veut rabaissant.

— Tu es bien la fille de ton père. Tu vois les choses comme si tes yeux ne pouvaient pas voir à l'extérieur d'un microscope. Il y a des éléments qui t'échappent, qui ne s'expliquent pas. Comme l'attachement, l'amitié ou l'amour. Tu sais que ton discours est incohérent alors tu t'entêtes et tu es incapable de le reconnaître car tu es calculatrice, froide, bien plus froide qu'un glaçon. Tu as un tas de sentiments, mais aucun n'est assez fort pour atteindre l'autre. Tu n'as pas de qualité assez intéressante pour te rendre visible aux yeux des gens qui t'entourent alors tu te convaincs que rien n'est important. Tu es juste seule Ava. Misérablement seule.

Je serre tellement ma mâchoire que je crois entendre mes dents crisser entre elles. C'est la toute première fois que ses mots me blessent. Vraiment. Profondément. Je n'arrive pas à dire si la boule dans ma gorge et mon nez qui me chatouille sont dus aux larmes qui s'amoncellent au bord de mes yeux. Je riposte d'une voix plus cassée que d'habitude :

— Tu ne me feras pas croire que tu ne ressens rien pour moi. Et si tu arrêtais de te voiler la face, tu avouerais que tu en as envie toi aussi.

Il repousse sa veste pour entrer ses mains dans les poches de son pantalon, le tissu moulant ainsi son entrejambe. Un petit rire fuse d'entre ses lèvres.

— Bien sûr que mon corps en a envie, tu crois que je peux le cacher !

Il lâche ses poches, lève d'un coup les bras et les tends en croix afin que je visualise encore le résultat. Puis il se penche et pose son index sur sa tempe avant de continuer :

— C'est dans ma tête que ça bloque. Quel plaisir je tirerais de « l'acte » comme tu aimes l'appeler ? Malgré ce que tu crois, je ne suis pas fait comme les hommes car justement je suis incapable d'en jouir. Rien qu'en te touchant, je peux déjà le prédire ; ce serait trop plat, le pire coup de ma vie.

Je me mords l'intérieur de la joue. Ma bouche doit grimacer tellement je retiens mes larmes de couler. Oh non, il ne me fera pas pleurer. Il m'inspire une telle colère que j'ai l'impression que mon corps se met à brûler. Et je me sens mise à nu, terriblement vulnérable. Tout ce que je ressens que j'aimerais dissimuler, il le voit. C'est ce qui est le plus dur à encaisser.

Il s'est redressé de toute sa hauteur et m'observe sans bouger pendant que des vagues bleues presque noires envahissent ses rétines et finissent par cacher leur lumière. Je siffle entre mes dents :

— Très bien, alors que cela soit comme ça entre toi et moi. On ne se connait pas, on ne s'est jamais connus. De toute façon, je ne sais même plus qui tu es.

Je me soustrais de son examen en faisant demi-tour et entre à nouveau dans la petite maison. Je récupère mes vêtements dans la pièce où gisent toujours les cadavres. Je suis médecin bon sang ! La vue du sang devrait m'être indifférente pourtant je suis sûre que mon visage a perdu toute sa couleur. Je quitte rapidement la cuisine avant de me retenir de vomir ce qu'il me reste de bile. Nauséeuse, je me change comme un robot devant le feu. Mes neurones se sont figés. Chaque organe est comme mort sous ma peau couverte de chair de poule. Je suis incapable de dire si j'ai froid ou si tout est déjà mort à l'intérieur.

Une fois changée, je m'assois par terre et cale mon dos contre un des canapés crasseux. Les dernières flammes, luttant sur la fine couche de cendre, s'évanouissent et me plongent dans l'obscurité la plus totale.

*
**

Il mangeait des céréales comme un ogre en plein milieu de l'après-midi. Le nez penché au-dessus de son bol, l'appétit d'Aden me fascinait. Il pouvait engloutir en plus de son assiette celles de mon père et ma mère sans avoir mal au ventre.

« Notre Aden grandit » disait toujours ma mère avec tendresse.

Il essuya sa bouche du revers de la main et posa des yeux vert lagon sur moi.

— Tu m'as parlé ?

Je poussais un profond soupir. Que j'eus huit ou treize ans, c'était toujours pareil. Aden oubliait toujours de m'écouter, à croire qu'on lui avait posé un filtre anti Ava. Je répétais :

— Oui, as-tu déjà été amoureux ?

Il sauta de son tabouret, l'air de se foutre de tout mais surtout de moi.

— Aden, réponds quoi ! Ce n'est qu'une question simple.

Il quitta la cuisine et je le suivis dans le long couloir au papier peint sombre résistant.

— Pourquoi veux-tu savoir ?

— Je ne sais pas. Je lis beaucoup de livre et j'ai l'impression que tout le monde tombe amoureux.

Un sourire moqueur vint ourler ses lèvres épaisses.

— Si tu ne lis que des histoires d'amour, c'est normal. Tu aurais dû lire Albert Cohen, ça t'aurait calmée.

Je me souviens l'avoir dévisager. Devant mon air ahuri, il m'a rapidement tourné le dos en soufflant bruyamment. Mais bon sang, Aden lisait des livres maintenant ?

— Ferme la bouche, dit-il sans se retourner. Tu as oublié « Belle du seigneur » sur ma table de nuit. Ceci dit, lecture très ennuyeuse, du coup, je l'ai brûlé. Tu ne m'en voudras pas ?

Je m'arrêtais d'un seul coup.

— Quoi !?

— Les amants se suicident pour te la faire courte, crut-il bon de justifier.

Putain, je me foutais de l'épilogue. Comment avait-il pu ?

— Tu n'as pas osé brûler un livre !?

Un que je n'avais pas eu le temps de lire qui plus est. Je considérais les ouvrages comme précieux. Même le plus soporifique d'entre eux. C'était mon or à moi. Mon évasion.

— Si. Mais il me reste deux ou trois pages. Tu les veux ?

Je restais plantée dans le corridor, sa façon de se désintéresser de tout venait de m'exaspérer.

Même loin d'être méchant, il se montrait souvent blessant. Son manque de considération me peinait et me pesait de plus en plus. Et cette fois, il savait pertinemment que j'aurais aimé lire ce livre, même aussi nul soit-il. Il ne pouvait ignorer ce que cela représentait pour moi et il l'a délibérément détruit.

Face à mon mutisme, il finit par se retourner. Je ne pouvais plus le regarder dans les yeux.

En fait, Aden avait un côté obscur. La colère lui tenait souvent compagnie. Et pourtant, très rarement, il baissait les armes, comme ce jour-là.

— Ne sois pas triste. Ce roman était vraiment dur. Je ne voulais pas que tu lises ça.

Il s'approcha et tenta de repousser derrière mon oreille une mèche échappée de mon chignon. Sa voix plus douce et ce geste si tendre m'électrisa de la tête aux pieds. Il soupira doucement alors que tout retombait devant mon nez. Aden n'était pas doué pour ces choses-là. Cependant, il ajouta dans un souffle :

— Oui, j'aime quelqu'un.

Je relevai le menton. Mon cœur manqua de battre.

— Comment le sais-tu ?

Son regard était d'un vert-gris plus clair que d'habitude.

— Son amour ne me fait pas souffrir.

Chapitre 18

PARADIS

Il devait être plus de minuit quand il est rentré et s'est assis près de la porte.

Il m'a balancé un morceau de viande pas cuit enroulé dans une grande feuille. J'ai eu un haut le cœur quand j'ai découvert qu'il s'agissait d'un foie d'animal encore sanguinolent.

— Mange, m'a-t-il dit simplement.

Quand on a faim... on a faim. Alors j'ai croqué et mastiqué ce truc infâme sans discuter. Aden n'a même pas pris la peine de dissimuler son regard lumineux braqué sur moi. Je voulais lui crier d'arrêter de me sonder car je savais pertinemment que c'est ce qu'il faisait mais trop fatiguée pour endurer un nouveau conflit, j'ai fermé les yeux et me suis endormie.

J'ai essayé au début de cacher mes émotions mais la haine est tellement forte qu'elle me soulève les entrailles et me grignote le ventre. Je suis lucide. Je le hais car son attitude me touche. Pourtant j'aimerais m'arracher ce sentiment de colère et ne rien ressentir du tout. Il a décelé ce qui me blesse et appuie sans vergogne sur la plaie. Mais il ne se doute pas que la solitude et l'isolement ont façonné mon caractère. Un caractère fort, impulsif en plus d'une solide carapace. Qu'il essaie, il ne la brisera pas. J'attends seulement de voir mourir mes derniers sentiments.

Le chemin du retour s'est passé dans une atmosphère glaciale et un silence de plomb. Deux jours à ne pratiquement pas s'adresser la parole. J'ai passé ma seconde nuit à lire sous ma lampe torche pour occuper mes lourdes pensées et anesthésier mes émotions. Je crois y être arrivée. Lire m'en fait ressentir un tas qui ne sont pas vraiment les miennes.

Nous sortons bientôt de la forêt pour rejoindre une route goudronnée en mauvais état. Ce soir encore je tiens parfaitement le rôle de muette. Je m'étonne moi-même de garder un tel silence. La présence d'Aden m'a toujours inspiré de nombreux discours. Cette fois, l'inspiration n'est pas au rendez-vous.

— Nous sommes bientôt arrivés, dit-il tout bas.

La route s'arrête devant une énorme bâtisse en pierres grises partiellement recouverte de mousse végétale. L'endroit est humide et austère comme si ce lieu était à part, introuvable sur une carte et resté figé dans un temps plus ancien. Même les corbeaux jouent à peine sur l'hostilité des lieux. Qui aurait envie de vivre ici ? Des barreaux semblables à ceux des prisons habillent les quelques fenêtres de façade. Une croix chrétienne surplombe le linteau. Il s'agit vraisemblablement d'un monastère à l'allure de forteresse.

— Non merci, je ne suis pas prête à entrer dans les ordres, dis-je en tournant les talons.

La main brûlante d'Aden m'a déjà encerclé la nuque et non sans brutalité, j'ai le nez contre la grande porte en bois de chêne.

— Ch'est bon, lâche-moi ! je crache la bouche, elle aussi écrasée sur le battant.

J'entends un lourd verrou puis un second et la porte s'ouvre sur une femme d'un âge avancé habillée de noir, une croix en bois pendant à son cou. Aden retire ses doigts de ma peau.

— Bonjour Aden.

Oh un couvent ! Comme c'est étonnant... Pauvreté, Obédience, Chasteté, tuez-moi !

Elle nous laisse entrer sous un porche assez haut de plafond et, à ma grande surprise, fleuri. Ça pue la terre et les vieilles choses. Une fois la porte verrouillée, elle se tourne vers nous. Elle pose sa main ridée sur l'épaule d'Aden. Il la recouvre de ses doigts et ce geste rempli d'affection me surprend.

— Bonjour Natalia.

Elle lui adresse un sourire doux.

— Ça me fait plaisir de te voir. Ta troupe est au complet. J'espère que Deneb a compris la leçon cette fois.

— Il sait ce qu'il encoure.

— Très bien.

Elle tourne le regard vers moi et prend le temps de me détailler de la tête aux pieds.

— C'est elle ?

Les yeux noisette de la moniale retrouvent ceux d'Aden et celui-ci hoche lentement la tête. À présent, elle nous analyse l'un et l'autre pendant plusieurs secondes avant de plisser les yeux. Sous cet examen, Aden se redresse et je le sens plus tendu.

— Vous êtes restés longtemps seuls tous les deux ?

— Seulement deux jours, répond Aden immédiatement.

— Il faudrait éviter cela à l'avenir, tu le sais.

Je fronce les sourcils pendant qu'Aden baisse un peu le visage. Même imperceptible soit-elle, cette soumission ne lui ressemble pas et cela ne me plait pas du tout.

— Qui êtes-vous ? je lâche sur la défensive.

— Personne dans ce bas monde. Pourtant à tes yeux, je suis celle qui t'accueille chez elle.

— Je ne demande pas asile mais la liberté. Chose que les gens ont du mal à comprendre ici, je lance tout en toisant Aden.

— La liberté ? Ce monde n'en offre aucune. Si les hommes étaient libres, il n'y aurait pas de ciel si haut, pas de montagne escarpée, pas d'océan profond. Si l'homme était libre, la terre ne serait pas ronde. Telle est la création de notre Seigneur ; sa volonté. La limite de chaque chose est ce qui oppose la liberté et chaque chose à sa limite. Dieu ne nous offre qu'une seule liberté : son paradis.

Quel baratin ! Mes pupilles vont de gauche à droite cherchant quelqu'un étant disposé à ricaner avec moi. Personne ? Tant pis, c'était vraiment très drôle. Je détends mon cou pour paraître un peu plus grande.

— Tout est une question d'interprétation. Je suis avant tout une scientifique et j'ose dire que votre « Dieu » n'est pas le créateur de tout – je désigne Aden – Enfin cela vous a peut-être échappé étant donné votre... *style de vie*. Que j'admire, vraiment... (J'écarquille les yeux tout en secouant la tête, *ok je mens*) En d'autres termes, je souhaite créer mon propre paradis. Je choisis d'être libre, de croire en une vie courte mais intense avant la mort sèche et imprévisible. Et j'ai décidé que mon paradis était ma volonté de vivre comme je l'entends, dans mon espace, même petit et de choisir où et surtout avec qui.

219

Elle continue de sourire en m'écoutant, je crois même un moment l'avoir perdue. J'ai l'impression d'avoir parlé à un mur et je me retiens de passer ma main devant ses yeux. *Putain, j'ai dû lui péter des neurones* ! Aden se mord la lèvre inférieure, il se retient de rire apparemment.

— Tu comprends ? lui dit-il pince-sans-rire.

Au bout d'une bonne minute, elle cligne enfin des paupières et répond :

— Elle est vraiment très intéressante. Déterminée mais intéressante.

La religieuse se racle la gorge et poursuit en fixant Aden.

— J'imagine que vous n'avez pas eu le temps d'éclaircir certains points.

Je l'arrête de la main pour ne pas qu'elle se fatigue.

— Si si, je l'ai embrassé quand j'étais gosse et apparemment, à cause de cela, il s'est fait enfermer ou torturer, bla-bla-bla, fin de l'histoire, sortez les mouch...

— Tais-toi, rugit Aden.

Il me brûle de son regard furieux. Je pointe mon doigt devant lui.

— Toi, ferme-la ! Ne me dis plus jamais de me taire ! Ne me parle pas. Je ne suis pas sous tes ordres !

Mon rythme cardiaque a explosé son record d'accélération en deux secondes, mes pupilles lui envoient des flèches empoisonnées. Aden fait un pas vers moi.

— On peut y remédier... souffle-t-il furax.

Les doigts de la nonne se posent sur l'avant-bras d'Aden qui se calme légèrement. Les yeux de Natalia nous scannent plusieurs fois l'un et l'autre.

— Du calme les enfants. J'avais en tête le but de ta mission, très chère Ava.

— Oh ! je m'exclame en ramenant toute mon attention sur elle.

— C'est perdu d'avance ! se moque Aden ouvertement.

J'ignore le sarcasme d'Aden. Mon cœur se met à battre plus fort pour d'autres raisons. Je vais enfin avoir toutes les réponses à mes questions.

— Vous êtes au courant de quoi ? Où on m'emmène et pourquoi ?

Elle ne me répond pas mais interroge Aden :

— Alors, tu lui as rien dit du tout ?

— Je ne suis pas là pour cela ! grogne-t-il d'un ton bourru.

Elle lève les yeux au ciel.

— Évidemment...

Qu'importe les raisons de son silence à lui, je veux absolument savoir ce qui m'attend, je les coupe :

— Alors vous pouvez tout me dire maintenant ?

— Ne sois pas pressée mon enfant.

Elle me tapote gentiment le bras comme si j'étais une brave fille. Si je ne respectais pas au minimum les personnes âgées, je l'aurais immédiatement attachée au plus solide des radiateurs en fonte et cuisinée pour la faire parler.

Aden me scrute bizarrement.

— Quoi ?! je lui lance hautaine.

Il soupire, exaspéré. Je fausse mon sourire.

Si je pouvais, je t'attacherais toi aussi, pensais-je en imaginant vraiment le sentiment que ça me procurait. Lui à genoux me suppliant de le libérer... Quelle utopie... Et puis, s'il était à genoux devant moi, je lui ferais faire des choses pas très orthodoxe. Oui, j'ai lu beaucoup, beaucoup de livres... en tout genre. Ses iris s'enflamment d'un coup. On se jauge. Je pince les lèvres.

Je

te

déteste.

La vieille dame interrompt notre combat mental :

— Combien de temps restez-vous ?

— Deux nuits maximum. Nous ne voulons pas vous attirer d'ennuis, répond Aden qui se soustrait à mon regard.

— Vous faites bien. Vous dînerez avec nous ce soir au réfectoire. Je n'ai pas de place pour tout le monde, il faudra donc vous serrer pour dormir. J'espère que ce n'est pas un problème ?

— Nous prendrons l'espace que tu nous accorderas.

— Parfait. Nous mangeons dans vingt minutes. Ne soyez pas en retard.

Je regarde partir Natalia avec espoir. Ce soir, je serai fixée sur la nature de mon sort.

— Suis-moi, me demande Aden d'une voix neutre.

Le monastère est plus silencieux qu'une cathédrale. Nous croisons plusieurs religieuses vêtues d'un scapulaire bleu sombre sous une large guimpe blanche cachant leurs cheveux. Aucune d'elles ne lève le visage, concentrées sur leur prière, chapelet aux poings. Pourtant la beauté d'Aden et son aura auraient dû les détourner de leurs pensées pieuses mais aucune ne relève le menton. Certaines sont encore jeunes et disposent de traits gracieux, je me demande à quel moment de leur vie elles ont pu basculer dans cette quête uniquement orientée vers le spirituel.

Un sentynel se tient dans un des couloirs ouverts sur le patio principal de l'édifice. A ma grande surprise, il s'agit d'une fille. Elle n'est pas jolie au sens strict du terme car elle dégage quelque chose de trop masculin malgré ses longs cheveux noir de jais tressés. Elle est plus grande que la normale. La couleur de sa peau est aussi noire que ses yeux. Mais je ne peux pas m'empêcher de lui trouver un charme exceptionnel. Elle élargit son sourire immaculé.

— Salut Éden ! On a failli vous attendre.

Eden ?! Je lève un sourcil, étonnée.

— Ne m'appelle pas comme ça, rétorque Aden. Gardez un œil sur elle, je reviens.

— Évidemment, répond-t-elle avec joie.

Il disparaît par une des portes me laissant avec cette « fille » qui sous sa longue veste porte une jupe assez courte révélant de longues jambes musclées. Je lève le nez et elle profite de mon attention pour m'offrir un clin d'œil appuyé et le sourire carnassier qu'elle m'envoie me fait grimacer.

— Vous étiez super longs tous les deux.

— Nous n'avions pas d'avion de chasse à disposition, désolée.

— Un quoi ?!

Elle se met à rire et place son bras au-dessus de mes épaules comme si nous étions des amies de longue date. Je grimace et l'invite à l'enlever en me décalant.

— Je ne te plais pas, chaton ? m'interroge-t-elle en plissant ses yeux en amande.

Ce n'est pas possible qu'ont-ils tous avec leur égo.

— Heureusement pour elle, intervient un autre sentynel qui approche dans son dos.

Ce dernier se place devant elle, il me tend la main que je refuse. Il sourit jusqu'à effacer ses lèvres fines.

— Tu as croisé le chemin de Thénes, j'imagine ?

Je hoche la tête et il laisse retomber son bras.

— Alors je ne t'en veux pas. Je m'appelle Damiano et voici ma sœur Cosma.

— Ta sœur ? je demande très étonnée.

— Oui, ma sœur jumelle.

Damiano est aussi blond et blanc que l'exact opposé de Cosma. Je remarque immédiatement son albinisme à ses yeux rougeâtres. Il a des bagues sur tous les doigts, dont une pastorale. Il est garni de plusieurs anneaux dans le nez et deux sont plantés dans sa lèvre inférieure.

— Deneb a déjà fait des louanges de ta beauté naturelle mais je dois dire qu'il était très loin du compte. Je te souhaite la bienvenue parmi nous.

Il a une façon de parler quasi religieuse. Sous sa longue veste grise, il semble porter une robe noire. Sa tenue liturgique me fait penser à celle d'un prêtre avec son col blanc montant.

Ce qui me fait sourire. Les sentynels sont loin d'être des enfants de cœur.

— Il ne faut pas avoir peur de moi. Je suis le moins dangereux de tous. Enfin, je n'ai jamais tué personne.

Il penche la tête sur le côté en m'analysant de manière bizarre. Sa peau dépigmentée est tellement blanche que les veines bleues sont visibles sous son épiderme. Cosma se met à rire exagérément.

— Mon frère a oublié qu'un prétendu saint ne porte pas autant de bijoux.

— C'est mon péché mignon, dit-il en souriant malicieusement. Eden ne t'a pas été désagréable ?

Je tilte encore sur le surnom qu'il donne à Aden.

— Pourquoi l'appelez-vous Éden ?

Cosma allait me répondre quand nous sommes interrompus par notre sujet.

— Allons manger et essayez de vous tenir cette fois.

Aden ouvre la marche et les jumeaux m'invitent à passer devant eux. Je sens que cette soirée me réserve de nombreuses surprises.

Chapitre 19

QUAND LA VÉRITÉ BLESSE

Je pensais à un dîner privé mais nous sommes plus de quarante personnes dans la pièce. Il ne s'agit pas d'un banquet, les tables forment un cercle de manière à ce que tout le monde se voit de face. J'avance prudemment dans la grande salle au sol de dalles calcaires et aux murs en pierres apparentes parés d'une série de fresques bibliques dont une particulièrement pertinente ; la vierge et l'enfant.

Natalia lève le bras. Je me dirige vers elle et remarque qu'Aden fait le tour pour s'asseoir à côté de Thènes. Il semble être le seul à prendre ce risque vu les sièges vides de part et d'autre du sentynel à la veste bleu. Je suis heureuse de constater qu'Aden est assez loin de la place que me propose la religieuse même s'il se trouve encore dans mon champ de vision. L'écart d'âge entre les deux plus intimidants sentynels est maintenant flagrant, le « voleur de rêve » aux cheveux poivre et sel doit bien approcher les trente ans.

Ce dernier me scrute d'un regard charbonneux et ma première envie est de lui envoyer le couteau entre ses deux yeux marine.

Mais j'ai d'autres chats à fouetter, en particulier découvrir ce que l'on attend de ma personne. Je trépigne d'impatience.

— Je vous écoute, dis-je directement en prenant place.

Mes nerfs sont si tendus que je ne peux pas empêcher mon genou de s'agiter. Cosma s'assoit à côté de moi, son frère à côté d'elle et de grands plats sont déposés devant nous. Je me jette sans plus attendre sur une cuisse de poulet entre les navets et les patates en sauce.

Je mâchouille avec appétit ce bon et succulent bout de viande prête à piquer un légume fourchette en main, et voyant que la nonne ne me répond pas, je me tourne vers elle. Elle me dévisage la bouche formant un U à l'envers et bientôt je m'aperçois que tout le monde me regarde la mine ahurie.

— Quoi ?

Je plante mon couvert dans le centre d'une patate pendant qu'Aden peint un sourire moqueur sur son visage.

— Nous devons avant tout remercier le Seigneur, jeune fille.

Alors même loin du dôme et des sévères obligations religieuses, je dois me plier à des pratiques qui n'ont pas de sens.

Je lève les yeux au ciel.

— Merci ! je lâche tout en faisant un clin d'œil au plafond.

Je vais pour gober le légume quand Damiano me saisit le poignet. Je le dévisage à demi surprise, à demi en colère avant de croquer avec défi une fourchette vide manquant de me casser une dent.

— Oh !

Je rêve ou le morceau de pomme de terre a disparu ? Il me l'a dérobé le fourbe !

— Un peu de respect, suggère Damiano.

Ils me gonflent tous avec leur serment. Qui me respecte moi et mon athéisme ? Je fais un grand geste pour me libérer des doigts blafards qui m'agrippent.

— Arrêtez de vouloir me diriger ! Je crois que vous confondez vos propres désirs avec la modeste volonté de votre Seigneur. Si je devais prier pour ne pas avoir trébuché à chacun de mes pas, je ne prendrais même pas la peine de me lever. Dans le cas présent, je préfère remercier la cuisinière ! Maintenant, rends-moi ma pomme de terre !

Certaines nonnes se sont bouchées les oreilles pendant ma tirade, d'autres s'offusquent. Je pose mon couvert sur la nappe tout en fusillant Damiano des yeux. L'air est électrique et ses prunelles rouges brillent de menace. Cosma se met à rire gaiement.

— Je l'aime bien ! avoue-t-elle à Natalia en secouant la tête avec rapidité, limite excitée comme si elle parlait d'une chose.

— Assez ! s'écrie l'abbesse un peu plus pâle.

La salle lui obéit. Elle prend une profonde inspiration et se met à réciter un passage de la bible. Je parcours l'assemblée du regard profitant des yeux baissés. Drôle de façon de remercier un seigneur qui est censé se trouver au ciel.

Aden fixe lui aussi le sol et j'éprouve l'envie de savoir s'il se joint à leur prière.

Quand le bénédicité se termine. Chacun se sert sagement et j'ai l'impression que Natalia me tire la tronche.

Je reçois un coup de coude de la part de Cosma.

— J'ai adoré ta prestation.

Ma prestation ? Je secoue la tête en signe d'incompréhension, les yeux écarquillés.

— Sache que je partage tes convictions, me souffle-t-elle comme une confession.

— Ah bon ? Et lesquelles ?

Elle plisse les yeux et chuchote plus bas encore :

— Je crois en une divinité intérieure. Sache que je pense que Dieu réside en moi.

Elle est très sérieuse mais j'ai vraiment du mal à la suivre. Elle a l'air fière d'elle. Je fronce le nez, quelque peu déroutée.

— Tu es bouddhiste ?

— Non, répond-t-elle étonnée.

J'ouvre de grands yeux en exagérant les syllabes d'un « O. K. » tout en pensant qu'elle est franchement perchée. En réponse, elle m'octroie un grand sourire avant de se servir à son tour. Je me racle la gorge.

— Tu ne m'as pas répondu tout à l'heure.

— A quoi ? demande-t-elle distraite.

— Pourquoi tu appelles Aden, Eden ?

— Je ne pense pas que cela t'intéresse.

— Dis toujours.

Elle se cache la bouche avec le dos de ses doigts tendus.

— Je ne veux pas que les recluses nous entendent mais il parait qu'au pieu il a un goût de paradis.

Je déglutis et allez savoir pourquoi, mon vagin s'est contracté. Mon regard ne s'empêche plus de combler l'espace jusqu'à Aden. Ce dernier a redressé la nuque. Il me surveille. Il se nourrit de mes émotions, j'en suis quasiment sûre.

Un goût de paradis...

Pour le punir de son intrusion, je laisse mon imagination vagabonder et m'autorise à songer à ce que cela me procurerait de faire l'amour avec lui, ce que je pourrais ressentir. Mon corps frémit à cette seule pensée. Ses yeux plus lumineux et troubles sont obstinément rivés aux miens. J'ai toute son attention, je vais m'amuser un peu.

J'imagine qu'il retire son t-shirt pour me laisser poser les doigts sur son tatouage mystérieux qui lui noircit le flanc gauche. J'aimerais le voir nu et me rendre compte s'il est aussi musclé et bien fait qu'il en a l'air. Si sa peau est douce et lisse ou si elle est empreinte de cicatrices. Tout le monde est concentré sur son assiette, personne ne prête attention à ce que je suis en train de faire. Ma main gauche a glissé plus bas et mes doigts entament quelques pressions au-dessus de ma combinaison. Il fronce les sourcils, l'expression contrarié. Je me réjouis de l'irriter même si je me procure à peine du bien. Je n'ai jamais su me donner du plaisir mais je comprends pourquoi. Je ne savais pas à qui penser avant que le fantasme physique d'Aden n'apparaisse dans ma vie. Je me sens vide et cette partie de mon anatomie me dévore surtout quand ses pupilles enflammées ne regardent plus que mes gestes maladroits et hésitants sous la table. Je me surprends à vouloir que ce soit lui qui me touche et m'apprenne à le faire. J'appuie avec plus de témérité mais je ne me soulage guère. Je soupire tout bas de frustration. Aden ébauche un sourire narquois mais il retrouve son sérieux ténébreux lorsque je plante ma canine dans ma lèvre inférieure. Je serre mes cuisses plus fort. J'aimerais sentir son odeur, mon nez dans son cou, juste sous son oreille. Entendre sa voix rauque m'ordonner de faire taire mes gémissements et moi, lui désobéir. Découvrir ce qui lui procure du bien et les nuances de ses iris pendant qu'il pénètre et se retire. J'essaie d'étouffer ma respiration devenue lourde, mon regard toujours planté dans le sien plus intense. J'ai besoin de toucher ses biceps et m'y accrocher. Saisir son épaisse tignasse pour l'obliger à prendre un de mes tétons dans sa bouche généreuse. Admirer son visage sous l'effort quand il fait l'amour. Aden doit être beau quand il baise.

Le verre qu'il a entre les doigts percute la table en un bruit sourd et par chance ne se brise pas. L'eau s'infiltre dans la nappe blanche. Je lui envoie un sourire satisfait.

— Éden... je chuchote avec provocation en articulant pour qu'il puisse lire sur mes lèvres.

Le pire coup de ta vie, hein ?... je suis vierge, pas une sainte, sale con !

Il serre les dents, plisse les paupières et secoue légèrement la tête.

— Je le goutterais bien...

Je m'arrache à ma contemplation attirée par les jumeaux qui ont parlé d'une seule voix. Mais de quel bord sont-ils tous les deux ! Je m'y perds.

— Et dire que je vois tous les trucs dégueulasses que tu imagines, lance Damiano à sa sœur.

— Je ne pense pas qu'il aimerait ce que tu rêverais de lui faire, mon cher frère, raille Cosma.

Alors leur faculté permet de lire dans les pensées ! Je me sens rougir jusqu'à la racine des cheveux.

— Ça dépend de quel côté on se place...

Cosma s'indigne et je crois que je vais vomir. Damiano possède de nombreuses contradictions avec l'homme pieux qu'il parait être. Sodome et Gomorrhe est un chapitre qu'il a oublié de lire vraisemblablement.

— Vous êtes... gays ?

— Non, mais nous ne faisons pas les difficiles. Et avoue qu'Aden laisse rêveur.

Je jette un coup d'œil vers l'intéressé. Il fixe son assiette et mange avec raideur. Je décide de ne pas répondre. Leur dire qu'effectivement Aden est torride et incroyablement attirant est un secret pour personne. Je change de sujet.

— Vous pouvez lire dans les pensées ?

— Non uniquement dans celles de l'autre, répond Cosma en montrant son frère du menton. Ça perturbe franchement mon besoin d'unicité.

— Et le mien !

Ils se chamaillent comme deux gamins. Ils m'exaspèrent tous les deux.

— Vous savez qui il a perdu ? Une personne qui lui était chère, je crois.

— Bien sûr, tout le monde le sait. Sa fiancée, lâche Damiano.

Mon cœur manque un battement et cette fois Aden ne mange plus.

— Aden est fiancé ?

— A Capela. Depuis des années.

Mon rythme cardiaque bat tous les records de vitesse et une chaleur malvenue irradie mon corps tout entier.

— Elle nous a quittés, ajoute Cosma.

— C'était ma meilleure amie, finissent-ils ensemble.

— Tu dis n'importe quoi, c'était la mienne, tranche Damiano.

— Toi et ta possessivité ! ...

Je laisse les jumeaux se disputer les faveurs d'une morte et je n'arrive plus à décrocher mon regard des prunelles dangereuses et troublantes qui nous observent. La mâchoire d'Aden s'est resserrée, ses épaules ont l'air tout d'un coup carrées, plus larges. Il bouillonne intérieurement et je donnerais cher pour savoir ce qu'il pense. Ces révélations me font quelque chose. L'amour de sa vie avait des cheveux longs de feu et était magnifique. Je me souviens de son beau visage comme si c'était hier. Ils étaient faits pour s'accorder, leur beauté comme miroir. Je me sens plus fébrile à jouer sur ses sentiments car les miens sont touchés. Et j'ai honte, j'éprouve de la jalousie et je ne peux rien faire pour la lui dissimuler. Une jalousie intense qui m'oppresse la poitrine. Pas pour elle, mais pour ce qu'ils ont partagé tous les deux et tout l'amour et l'attention qu'Aden lui a donnés.

— Pourquoi ne crois-tu pas en Dieu, Ava ?

Natalia interrompt mes pensées, je me rends compte que j'ai baissé le visage. Je suis fatiguée. Vraiment très fatiguée.

— L'invisible et l'inexistant... deux choses qui se ressemblent, dis-je avec grande lassitude.

— Dieu n'est pas visible parce qu'il est le partage, il est l'honnêteté, le pardon, il est l'amour. Ce sont des choses impalpables, invisibles mais qui existent, que tu ressens.

— Je suis désolée mais je ne connais pas l'amour. J'ai été enfermée une grande partie de ma vie. Et les seules personnes qui se sont intéressées à moi à ma sortie de l'ombre étaient des garçons qui voulaient me... Enfin, bref, je ne vous fais pas de dessin. Et ces garçons-là, savaient très bien prier.

— Je comprends, tu attends beaucoup des autres. N'est-ce pas ?

Je baisse à nouveau le visage pour ne pas regarder Aden. Je secoue la tête lentement, je n'attends plus rien de personne.

— Tu ne tiens pas compte des miracles, continue-t-elle.

— Je n'en ai jamais vu.

— Ava, tu es un miracle.

Je lève les yeux.

— Je ne comprends pas.

— Sais-tu pourquoi nous en sommes arrivés là ?

Elle m'agace avec toutes ses questions alors qu'elle écoute à peine mes réponses et me sert les siennes comme une vérité universelle. Les croyants sont comme ça, butés. Et ma bonne humeur n'est plus de la partie. Je m'impatiente.

— Mais de quoi parlez-vous ?

— Sais-tu pourquoi l'homme est au stade du déclin ?

— La sécheresse, l'exode, les épidémies, la pauvreté... qu'importe.

— Tout ce que tu énumères semble être la faute de la nature. Mais je vais t'apprendre qu'il s'agit de la cupidité de l'homme, mon enfant. Nos pères et mères se sont mis à ingurgiter des cachets de toutes sortes, s'inoculer des vaccins en ignorant leurs méfaits, suivre des traitements pour empêcher les carries, la calvitie... être le plus puissant, le plus riche, le plus beau et le plus longtemps et ne pas vouloir mourir. Pourtant l'homme a oublié que le plus important est de donner la vie.

— Pourquoi vous me racontez tout cela ? Qu'est-ce que j'ai à voir là-dedans ? je l'interroge irritée.

— Nous avons triché et nous voilà des êtres parfaits sans maladie, sans défaut, à l'espérance de vie plus grande mais improductifs. Sans compter, les autres espèces que nous avons créées plus proches de l'animal que de l'homme. Mais toi, tu es d'une imperfection exceptionnelle. Une pureté sans égal. Tu es la vie. Ava.

— Je ne comprends pas... Je suis née comme tout le monde au dôme.

Elle me met très mal à l'aise et je m'agite.

— Tu as une tâche n'est-ce pas ? Sur tes reins ?

— Comment savez-vous cela !

— Certains diraient que c'est une légende. D'autres savent parce qu'ils l'ont vue.

— Je n'ai jamais montré cela à personne ! Qui l'a vue ? Quand ?

Elle est si disgracieuse. Ma mère me répétait que j'avais été touchée par un ange. Je lui répondais qu'il aurait pu se laver les mains. Je me mets à trembler si fort que mes dents s'entrechoquent entre elle. Le silence se fait dans la pièce.

— Nous. Nous, les sœurs de ce couvent t'avons trouvée dans une petite clairière à l'époque où nous sortions encore à l'extérieur. Tu étais bébé. Tu avais une maladie enfantine, disparue depuis plus de soixante ans. Nous t'avons recueillie ici même. Mais nous ne disposions pas de médicaments, nous ne savions pas comment te soigner alors nous t'avons par dépit amenée à Généapolis et nous avons rencontré le professeur Ivanov. A ce moment-là, nous savions que nous ne te ramènerions pas avec nous.

J'ai du mal à respirer. Si un don m'a été accordée, c'est bien la capacité de réfléchir très très vite.

— Attendez ! Vous êtes en train de me dire qu'il n'est pas mon père ? et ma mère...

— Non, il t'a gardée près de lui et protégée de nombreuses années. Tu as pris la place de son autre enfant légitime pour ôter les soupçons sur toi. Il devait te protéger.

Je ressens des frissons douloureux me saisir la peau. Un arc électrique me traverse l'abdomen.

— Qui ? ... Qui est son autre enfant ?

Je sais ce qu'elle va répondre. Je le sais mais je veux qu'elle le dise pour rendre cela plus réel. Même si ça va finir de me bousiller.

— Aden. Aden est le fils du professeur.

Mon corps tremble et mes doigts serrent si fort le bord de la table que je crois mes os se craquer.

— Il le sait ?

— Oui Ava. Aden le sait.

Mes yeux se troublent quand je les braque sur lui, qui s'est redressé sous mon regard humide et perçant. J'avais une famille, même si elle n'était pas parfaite. J'avais au moins ça ! Mais non, j'ai été abandonnée depuis ma naissance. Je suis maudite depuis toujours. Je suis seule. Isolée.

Mais le pire est son mensonge à lui. Aden me déteste depuis toujours et il m'a emmenée ici pour me briser définitivement.

Je renverse les verres et le plat garni tombe en un bruit fracassant sur le sol. Je saute par-dessus la table et je me rue sur lui. Je me mets à le couvrir de coups.

— Sale enfoiré. Tu m'as menti ! Depuis toujours ! Menteur ! Je vais te tuer ! Je te hais ! Je te hais !

Des larmes ruissellent maintenant sur mes joues. Les premières depuis longtemps. Mais ce sont des larmes de fureur. Aden s'est levé et me laisse le frapper de toutes mes forces. Il n'esquive rien et je me blesse sur son torse ferme mais je m'en fous. J'ai envie de lui faire mal.

On me saisit les bras et m'attire en arrière. Mon corps se gonfle et je me débats comme une furie.

— Lâche-là ! tonne Aden et on lui obéit.

Tout le monde me dévisage comme si j'étais aliénée.

Chapitre 20

LE BLEU DE LA NUIT

— Venge-toi Ava. Venge-toi de lui.

Cette voix si grave et claire, je la reconnais. Le grand sentynel aux yeux cobalt semblables à une nuit de tempête a ouvert la porte et s'est introduit dans ma chambre.

Je suis étendue sur un lit qui ressemble à celui d'un détenu la veille de son exécution. Après le scandale que j'ai provoqué, il valait mieux me tenir à l'écart de tous. De toute façon, je n'y arrivais plus. Je ne pouvais détacher mon regard de son visage, de la faible lueur dans ses prunelles déstabilisantes. Mes muscles tendus me paralysaient.

Son expression déconcertante me donnait envie de foncer à nouveau sur lui. Juste l'envie car de la force, je n'en avais plus. Aden ne disait rien, décortiquant mes émotions, les piétinant. Il a réussi. Il m'a atteinte si profondément que ce feu en moi s'est tu.

Ce soir, un liquide acide creuse un trou profond dans mes entrailles. Ma solitude me bouffe de l'intérieur. Voilà à quel point, il m'a fait mal.

— Je ne suis pas d'humeur, Thènes.

Je ne ressens même pas le besoin de l'attaquer, l'insulter ou de lui sommer de quitter la pièce.

— Veux-tu le toucher ? Lui rendre la pareille.

J'oriente mon regard au plafond et fixe une auréole d'humidité figée dans un coin.

— Rien ne le touche.

Une éternité semble passer. Au moment où mes iris se reposent sur lui, il murmure :

— Trompe-le. Avec moi. Cette nuit.

J'ai ressenti une douleur aiguë dans la poitrine, celle qui te souffle de rester sur tes gardes. Je le jauge, perplexe. Aurait-il osé poser la main sur lui ?

— Tu peux le blesser, poursuit-il d'une voix plus basse encore.

— Comment ?

— Tu le sais... Au fond de toi, tu le sais.

Il dépose sa longue veste sur la seule chaise meublant sommairement cet endroit. Oserait-il outrepasser les lois de la nature et prendre ce qui ne lui appartient pas ? Instinctivement, je m'assois sur le lit et croise les bras sur ma poitrine. La soutane, prêtée par les nonnes, remonte jusqu'en dessous de mes genoux.

— Tu n'as pas peur de lui ?

— Je n'ai pas peur de la mort.

Cette réponse me fait quelque chose. Aden doit être redoutable s'il peut abattre un homme comme lui.

— Il est plus fort que toi ?

— Nous nous sommes affrontés et il a eu le dessus, souffle-t-il. Ce n'est pas une question de physique. Il peut atteindre n'importe qui. Il est le maître des sentiments. Parfois, la tristesse des uns peut ébranler le bien être des autres. Le désespoir et la souffrance peuvent tuer. Et sa souffrance à lui est une arme.

Une arme ? Aden souffrirait encore à ce point de la perte de la femme de sa vie ? Je frissonne assez fort pour qu'il s'en aperçoive. Il avance et se place devant moi.

— Pourquoi prends-tu le risque de le provoquer ?

Avec charme et élégance, il tend sa main droite. Je m'en empare après quelques infimes secondes. Je joue car ce soir, je me fous des conséquences. Il observe mes doigts dans sa paume, presque étonné avant de poser son autre index sous mon menton pour me relever un peu plus le visage. Il scrute chaque carré de ma peau.

— Tu es très belle. Je l'envie.

Son observation appuyée me trouble.

— Pourquoi ? m'enquiers-je d'une voix presque inaudible.

— Je peux prendre les rêves des autres, les vivre. Mais les rêves ne sont qu'illusion... Les émotions sont les plus grandes des sensations, les plus puissantes. Je veux les ressentir.

Thènes est incapable d'émotions alors qu'Aden est le parfait opposé, il ressent trop et trop intensément. Il approche son visage et sa bouche se pose sur la mienne, délicate, fine et glacée. Je n'arrive pas à bouger. J'ai froid, je frissonne comme si une porte s'ouvrait dans mon dos. Il s'écarte un peu pour me sonder encore.

— Les rêves ne réchauffent personne, n'est-ce pas ?

Je suis comme hypnotisée par ses yeux foncés dont les pupilles se sont dilatées. Il poursuit dans un murmure :

— Mais ils peuvent éveiller les désirs les plus profonds, ceux longtemps enfouis. Rendre plus vivants les fantasmes, les envies. Ceux qui peuvent tout faire basculer.

Je ferme les paupières. Je n'ai plus l'impression d'entendre la voix rocailleuse de Thènes mais une autre plus chaude et grave me faisant frissonner.

— Suis-je dans un rêve ? je murmure en gardant les lèvres entrouvertes, soudain alanguie.

Des doigts plus chauds ont glissé sur ma nuque puis parcourent lentement ma colonne vertébrale jusqu'en bas de mes reins. Je ressens une onde délicieuse me parcourir tout le corps me faisant frissonner.

— La question n'est pas où Ava, mais avec qui...

J'ai compris sans même ouvrir les yeux. Thènes ne me contrôle déjà plus. Il préfère, à la place, prendre possession du rêve de l'homme qui l'a, un jour, battu.

Aden...

Chapitre 21

FRUSTRATION

Loïc Nottet – Million Eyes

Le moment m'échappe. Il se faufile entre mes doigts comme si je ne pouvais plus rien maitriser. Mais à peine ai-je le temps de respirer que la transition opère et j'ai totalement repris le contrôle de mon esprit.

Une masse fantôme libère définitivement mon corps, me laissant engourdie et il n'est plus possible d'ignorer la présence physique d'Aden dans mon dos.

Un agréable frisson me parcourt et s'arrête sur la paume qu'il a placée contre mes reins. Elle est maintenant plus réelle, plus ferme.

Autre chose, plus dur s'appuie contre mes fesses, se loge entre elles, impose sa place au-dessus du coton léger. Je retiens ma respiration et une chaleur envahit mes joues.

J'effectue un pas pour m'y soustraire, troublée par toutes les sensations licencieuses qu'Aden suscite. Elles se confondent avec une angoisse qui me grignote peu à peu. Je déteste qu'il me fasse autant d'effet quand ses mensonges me font du mal. C'est lui qui doit payer.

Lentement, je me retourne et la main brûlante installée en bas de mon dos glisse jusqu'à ma hanche pour l'empoigner fermement. Je soulève les paupières. Aden est devant moi. Grand, beau, concentré. La tête penchée au-dessus de la mienne. Le battement sourd et entêtant de mon cœur dans mes tempes ainsi que mon sang qui bouillonne me donnent l'impression d'imploser.

Sa présence marque la pièce. Tous les éléments se fondent en lui pour faire valoir sa puissance. Ma poitrine se soulève de plus en plus vite. Une peur me saisit face à son physique imposant et bien trop dominant.

Pas assez expérimentée, j'ai besoin de reprendre confiance et lucidité. Je recule mais je me mets à suffoquer alors qu'il ne nous laisse aucun espace. Suis-je le faible agneau et lui un des lions prêt à me dévorer. Oui, c'est exactement ça. Le mur, à présent dans mon dos, m'immobilise. Je n'échapperais pas à cette vengeance silencieuse.

Aden me regarde sans précision. La couleur de ses yeux oscille, pareille aux reflets de l'eau une nuit de pleine lune. Il semble perdu entre le faux et le vrai de mes émotions, entre ce que je ressens à cet instant et la Ava de son rêve. Il ne vaut mieux pas qu'il les devine. Ni qu'il ressente les tremblements sous sa main qu'il vient de poser sur ma joue.

Ses sourcils se froncent et je suis obnubilée par sa langue qui humecte insolemment ses lèvres. Un désir traitre me consume partant de mon ventre et s'écoulant entre mes cuisses. Picotant ma chair.

Le visage toujours penché au-dessus de moi, tel un fauve trop confiant pour être impatient, Aden danse sur un pied puis sur l'autre, ne sachant pas par où commencer, ou déterminant quelle est la partie la plus délicieuse de ma peau.

Tous ces moments où nous nous sommes retrouvés seuls tous les deux n'ont rien de comparable. Ici, se joue le jeu dangereux et excitant de l'interdit.

Il libère mes cheveux de l'élastique qui retient la natte tressée et la masse ondule dans mon dos. Il en saisit une poignée et la tire en arrière déployant ma gorge. Je perçois sa tignasse plonger dans mon cou et il inspire à l'endroit même où se trouve ma carotide. Il me respire longuement sous l'oreille gauche, longeant ma gorge jusqu'à celle de droite.

Ses doigts s'enroulent à présent autour de ma nuque et la maintiennent avec force. Son regard profond et monochrome se rive enfin au mien ; fixe, intense, indéchiffrable. Son pouce se faufile entre mes lèvres, puis mes dents avant de toucher le bout de ma langue. Rien que cela m'immerge sous un plaisir indécent. Son corps vient se presser contre le mien me rappelant son érection glorieuse... me mettant en garde. Il approche sa bouche de la mienne très lentement. Il va m'embrasser et tout sera hors de contrôle, je le sais. Sa spirale voluptueuse et sensuelle va se refermer sur moi comme un piège.

Je contiens mon souffle, plus du tout certaine d'être prête à découvrir jusqu'où vont ses rêves. Les limites qu'il leur impose. Pire que ça, j'ai peur d'éprouver du plaisir et de ne pas en sortir indemne. Mon cœur s'emballe proche de la limite acceptable. Je secoue la tête. Plus nerveuse que jamais, je retiens mes émotions mais elles m'écrasent le thorax. Je les laisse alors bondir brutalement hors de ma poitrine et c'est encore plus douloureux.

Je ne veux pas qu'un autre prenne sa place, voit ce qu'il voit, ressente ce qu'il touche.

J'emprisonne ma lèvre inférieure entre mes dents. Non, je ne veux pas être ce genre de personne. Ce monstre chargé d'égoïsme et sans cœur dont il m'accuse si souvent.

— Je ne peux pas...

Il immobilise son geste. Sa respiration plus lourde et saccadée balaie mon visage. Ses yeux prennent feu et les flammes oscillent entre l'orange et un rouge criblé d'éclats dorés. Aden est magnifique et mon cœur se serre.

Cette beauté saisissante et hors du commun fait jaillir toute ma colère. Il aura toujours un temps d'avance. Il saura toujours taper là où ca fait mal car il a une vision directe et transparente de mon âme alors que je suis aveugle. Il va se moquer de ma faiblesse, de cette situation que j'ai amorcée, de mon manque de cran. Si j'abandonne maintenant, il aura gagné. Il me ridiculisera sans aucun doute et sans pitié.

C'est trop tard de toute façon, le point de non-retour est atteint. Il n'est plus question de revenir en arrière. Je sacrifierai tout pour l'atteindre rien qu'une fois. Plus profondément qu'il ne m'en pense capable. Il doit savoir qu'il n'est pas à l'abri, que je peux tout aussi bien le manipuler.

Il me scrute, fixement, étrangement. Ses prunelles sont moins lumineuses et je me demande si je n'ai pas rêvé leur fusion passionnée.

Il se penche au-dessus de moi, sa bouche effleure mon cou, tout près de mon oreille.

— Je t'avais choisie, murmure-t-il d'une voix rauque.

Mon cœur s'est emballé, mon pouls tape dans mes veines et je dois fermer les yeux pour cesser de penser. Rien ne doit perturber son rêve. Pas même mes sentiments instables.

Ma tête tourne. La pièce s'efface au profit de l'homme fort et bien trop séduisant face à moi. Le jeu ne peut être qu'agréable. Il ne peut en être autrement. Je sens déjà qu'il me consume.

Ses doigts accrochent ma longue chemise. Il la retrousse avec lenteur entre ses doigts. Le tissu frôle mes cuisses et ma peau se couvre de frissons. Il dévoile mon sous vêtement.

Oui, tout est agréable, planant. Je comprends que plus aucun retour n'est possible.

Acculée, le mur toujours dans mon dos, je le laisse retirer ma longue chemise de nuit. Je tremble malgré moi.

Aucune pudeur ne m'atteint et me fait rougir. Me retrouver nue devant Aden est d'un naturel déconcertant. Je n'avais pas l'intention d'aller plus loin. Même d'en arriver jusque-là. J'ai franchi la limite mais je suis incapable de dire stop. Je voulais le rendre fou mais je suis en train de perdre à un jeu qui me dépasse. Maintenant dévoilée et sans défense, je dois cesser la comédie mais je ne peux m'y résoudre. L'étrange et étourdissante atmosphère autour de nous devient plus agréable et voluptueuse. Ses phéromones... j'ai fait l'erreur de les oublier. Le mâle est en train d'amadouer la femelle.

Son t-shirt laisse apparaître ses biceps surdéveloppés, son cou puissant. Je suis forcée d'admettre qu'il m'impressionne. Je détaille sa mâchoire carrée, ses lèvres dont l'ourlet sensuel ferait tomber les anges. Placer mes paumes directement sur lui me brûlerait, j'en suis certaine. Il est si près que la chaleur vive et fiévreuse qui émane de son corps me réchauffe jusqu'au sang. Il penche la tête sur le côté et observe par-dessus mon épaule la tâche de naissance sur ma hanche. Avec un autre que lui, j'aurais cherché à la dissimuler or je le laisse faire. De l'index, il en dessine les contours, de la fossette en bas de mon dos jusqu'à la partie chatouilleuse de mon ventre. Ma peau se charge de frissons qui s'étendent au reste de mon anatomie. Les yeux rivés à son torse, le souffle court, je ne bouge pas d'un millimètre.

Sa main frôle mon abdomen et se faufile sous l'élastique de ma culotte, il s'amuse avec, le glissant, puis l'enroulant autour de ses doigts, et quand ses yeux se plantent dans les miens il l'arrache d'un geste net et précis me faisant tressaillir. Il lève le tissu entre nous. Il le serre dans son poing puis il le projette au fond de la pièce. Je suis dévêtue mais Aden près de moi est pareil à un manteau épais et enveloppant.

La curiosité l'emporte, celle de comprendre jusqu'où va l'attraction grandissante entre nous. Ma virginité est sans importance et elle n'en a jamais eu. Je ne fais pas grand état de ces choses sans valeur. *Qu'est-ce de plus qu'un bout de chair après tout ?* Mais je ne peux empêcher mes doigts de trembloter, ni mon souffle de s'accélérer. Maigre illusion que de croire Aden malléable. Je souhaitais le tenir à ma merci. Que ses propres envies et émotions le dirigent et que j'en devienne le métronome. Que les rôles s'inversent rien qu'une fois. Qu'il admette ses torts, ses faiblesses et mon ascendant sur lui, sur ses instincts les plus primaires. Je n'avais pas prévu que je me retrouverais face à un prédateur que je ne pouvais maîtriser, que la machination se retournerait contre moi.

Ce n'est qu'un rêve, Ava. Tu peux l'arrêter quand tu le souhaites. Oui mais c'est son rêve. Ses intentions.

Ses yeux se sont cristallisés. D'un coup, il me fait pivoter et mon ventre rencontre le mur froid. J'opère un mouvement en arrière pour me soustraire à sa prise mais son corps ferme m'en empêche. J'essaie encore et encore, détestant m'avouer vaincue. Ses doigts accrochés à mes épaules m'immobilisent et je me rends compte que ses pouces me caressent. Je retiens mon souffle. Il me masse avec patience. Troublée par cette douceur, je ferme les yeux. Peu à peu l'angoisse s'efface puis disparaît totalement. Je me laisse bercer par sa respiration régulière contre ma nuque. Il détend mes muscles avec précision et les défroisse me rendant plus faible qu'une poupée de chiffon. Des sons de gorge passent entre mes lèvres. Ses mains expertes descendent jusqu'à empoigner mes hanches me ramenant à la réalité de sa fière excitation. Ses lèvres frôlent le lobe de mon oreille gauche.

— Touche-toi.

J'écarquille les yeux, troublée. Sans obéir, je relève et tourne le menton au-dessus de mon épaule pour plonger dans l'abysse de ses iris. Ils sont d'un noir vide et presque mat, surprenant. Pas une seule lumière vient perturber leur solide apparence. Il dort toujours, un masque impassible couvre ses traits mais même le Aden noctambule ne peut pas me demander cela. Il attrape mon poignet et il force ma main à descendre plus bas. Je ne sais pas exécuter ce genre de chose et il le sait pertinemment. Je résiste.

— Tu n'es plus une petite fille, murmure-t-il d'une voix sobre.

Mon cœur se fige dans ma poitrine. Il me scrute plusieurs secondes, patient, mes joues se creusent. Je ne peux pas abandonner, pas maintenant. Je le prends comme un défi. Je commence à me masturber comme je peux et j'essaie d'y trouver du plaisir. Je me concentre sans réel succès. A présent, je peux sentir son torse contre mes omoplates. Je sais qu'il analyse en profondeur, décortique chacun de mes gestes et mes sensations. Mais la passion physique s'effrite peu à peu. Je ne ressens absolument rien et avant que le moment ne devienne humiliant, je retire ma main mais il la retient avec fermeté. Je suis des yeux mes doigts qu'il approche lentement contre sa bouche et mon index et mon majeur s'introduisent entre ses

257

lèvres. Un élan de désir, aigu et foudroyant, s'empare de mon sexe. Sa langue douce humidifie mes doigts avant de les replacer à l'endroit devenu sensible appuyant les siens au-dessus des miens.

— Pense à moi.

Un magma chaud m'envahit alors qu'il les presse plus fort puis avec douceur, pilotant mes gestes et saisissant dans mes prunelles ce qui me fait du bien. C'est incroyable. Il remonte, fait rouler le monticule de chair. Sa bouche s'est frayée un passage dans mon cou et je l'entends respirer contre mon oreille. Sa chaleur m'irradie et le feu reprend vie. Insoutenable. L'air devient plus rare et étouffant puis électrique, la pièce se rétrécit.

Mes doigts jouent avec mon clitoris mais pas seulement, avec l'extérieur et l'intérieur aussi. Je suis accoudée contre le mur et mon front, se couvrant d'une mince sueur, prend appui sur mon avant-bras.

Aden exige que je prenne conscience de mon corps, que je l'apprivoise et il profite de toutes les étapes d'initiation. Mes cuisses, mes abdominaux se contractent, tout est focalisé sur mon plaisir, oubliant l'espace. Tout est plus dur, plus sensible, plus gonflé. Une vague s'amoncelle et mon bas ventre durcit. Ses hanches me maintiennent contre lui, ne me laissant aucun repli.

Aden imite le rythme de mes respirations, toujours plus rapide que la précédente. Ma température corporelle augmente. Des spasmes me saisissent telle une douleur vive, perçant mon centre mais je la désire à en perdre la tête. Est-ce cela le début de l'extase ? Un mal qui fait du bien. J'ai chaud, je transpire. Incapable de retenir les cris indécents que je pousse.

Je hurle que je vais mourir au moment où il stoppe les machines, à l'instant le plus crucial. Il retire ma main de mon entrejambe. Je me tortille dans tous les sens. Il faut éteindre ce qu'il a provoqué. Maintenant, ou je vais devenir folle. Il me saisit l'autre main avant que je n'aie le temps d'agir et maintient mes poignets contre le mur au-dessus de ma tête. Je tente de toutes mes forces de me retourner mais il plaque ma poitrine contre les pierres froides.

— Maintenant tu sais, souffle-t-il d'une voix entrecoupée.

Quoi ?! Me donner du plaisir !

A-t-il senti lui aussi l'orgasme qui s'amoncelait ou lit-il, en ce moment même, dans mes yeux toute la frustration. Impossible !

Impossible... à moins qu'il ne soit déjà réveillé.

Chapitre 22

RÉVÉLATION

Chaque atome de mon corps s'est figé. Non ! Non ! Non ! Il ne devait pas... pas maintenant. Putain de merde.

Très lentement, il libère mes poignets. Et je sens une couverture recouvrir mes épaules. J'ose à peine respirer.

Alors c'est ça, il était réveillé et je me ridiculise depuis le début. Je serre les dents attendant ses sarcasmes cinglants. Mais je n'entends aucune moquerie condescendante. Aucun rire narquois. Juste sa constante présence qui me rappelle la honte de mon lâcher prise. Le « presque » orgasme qui continue à se foutre de ma gueule en me piquant le clito avec une aiguille et me nargue : « Tu y étais presque ! deux doigts » Enfoiré !

— Depuis combien de temps es-tu réveillé ?

— Assez longtemps.

Je frissonne et resserre la couverture autour de ma nudité qui me gêne à présent. Avec le peu d'amour propre qui me reste, je fais un effort considérable pour me retourner face à lui. Il est resté juste derrière moi. Il a placé ses mains dans les poches et m'observe le visage penché sur le côté. Son érection est toujours très vivace et visible. Comme d'habitude, il ne s'en cache pas et il la contrôle pareille à une réaction purement physique dont je n'étais en aucun cas la cause. Rien ne trouble ses traits de visage obstinément neutre. Je vais finir dingue, c'est cela qu'il espère.

— Tes yeux n'avaient pas de vie, je murmure pour moi-même.

— Réfléchis deux minutes, est-ce la première fois ?

Non, bordel non... Mais Thènes m'avait assuré qu'il le garderait sous contrôle. Pas que ce serait précoce et durerait deux secondes ! Putain de mauvais coup !

— Tu crois que je vais prendre notes de tes humeurs sur un calepin et les analyser ! Rouge : la colère. Noir : le mensonge. Jaune : une envie pipi !

Un rire faux raisonne dans la minuscule pièce.

— Non... Evidemment, la seule chose qui te préoccupe sont tes sentiments, tes réactions, tes propres désirs, tes envies, la liste est longue...

Il me juge de haut en bas. J'ai l'impression d'être de la merde.

—... tu me fais de la peine, finit-il.

Ma poitrine se soulève avec célérité. Je grince des dents.

— Ta gueule ! Putain Aden ferme là ! je siffle d'une voix éraillée.

Ma mâchoire s'est contractée et les mêmes larmes de rage sont prêtes à jaillir.

— Tu lis bien ce que tu veux. Ce qui t'arrange. Pas assez profondément, et tu le sais.

— Ce n'est pas assez fort pour que je m'y intéresse.

Il pivote sur ses pieds et empoigne sa veste. L'air ne rentre pas dans mes voies respiratoires. J'ai envie de le gifler. Oui, je suis du genre à pleurer sur mon sort. Je n'ai jamais reçu une once d'amour. L'amour vrai. L'inconditionnel. Mes parents ne sont pas ceux que je croyais. Je n'ai pas de famille. Pas d'amie. Alors oui, tout mon être est à fleur de peau, à vif.

— Ok, je pense à moi. Ok, je suis une putain d'égoïste de détester me sentir en permanence malheureuse. T'as trouvé tout seul alors change de disque !

— C'est toi qui me cherches. Qui me provoques. (Il désigne mon corps) Il n'y a là, que la vérité. Qu'elle te heurte ou non, elle n'en demeure pas moins vraie. Je suis désolé.

— Désolé. Désolé pour ça !? Tu me parles de vérité ! Menteur depuis tes quatre ans. Tu es fort... très fort, je n'y ai vu que du feu. Mais un truc me chiffonne, pourquoi mon nombrilisme te gêne ? Hein ! Ne mens pas ! S'il y a une chose que je reconnais chez toi c'est cette colère que tu décharges sans arrêt sur moi. Elle explose autour de toi, elle est plus visible que ces murs. Elle te bouffe. Qu'est-ce qu'il se passe dans ta tête !?

Ses yeux se sont comme chargés d'électricité au point qu'on n'en perçoit aucune couleur.

— Quand vas-tu comprendre... souffle-t-il perdant patience les muscles de ses bras tressautant.

— Comprendre ? Comprendre quoi ? Depuis le début tu parles en rébus et je vais te dire tout mis bout à bout ça ne veut rien dire ! (Je limite :) « Je t'avais choisi » putain, choisi pour quoi !?

— Laisse tomber, se défile-t-il en reculant.

— Bon sang mais arrête ! Parle ! Tu me dois bien ça !

Il recule encore mais j'abroge la distance entre nous.

— Je te dois ?! Bordel, je ne te dois rien ! crache-t-il rageusement.

Aden me fuit... Il essaie de se déroger comme d'habitude.

— Si, tu me dois la vérité après un mensonge de cette taille et plusieurs années d'hypocrisie ! Tu vas me dire ce que je fous là !

Je saisis la couverture d'une main et de l'autre lui donne un coup du plat de mon poing sur son torse musculeux.

— Parle !

Un autre coup. Il pince ses lèvres, le regard furieux.

— Parle putain parle !

Il s'écarte, ses prunelles se sont figées comme deux morceaux de cristal, rigides et tristes.

— Tu es destinée à quelqu'un ! A un autre homme ! hurle-t-il soudain.

Quelque chose a éclaté tout autour de nous. Comme une bulle de verre dont les morceaux retombent telle une pluie de lames aiguisée. Avec difficulté, je fais plusieurs pas en arrière pour me soustraire à ce magnétisme douloureux qui l'entoure et qui me touche et me pince. Un mal physique à l'extérieur qui touche l'intérieur.

Je me plaque contre le mur. Quelques secondes passent et la sensation disparaît.

— Ne me pousse plus à bout. Je te préviens, dit-il tout bas en reprenant son souffle.

Aden a les yeux dans le vague et moi, le cœur au bord des lèvres. Je secoue la tête.

— Quoi ? Je...

J'inspire péniblement. Mon esprit met du temps avant de saisir l'impact de ses précédentes paroles. Enfin, quand je percute, il se morcelle.

— Tu vas me livrer à un homme ? C'est pour cela que tu m'as capturée ? je le questionne d'une voix étranglée.

— Exactement, affirme-t-il en relevant le regard sans sourciller. À présent il me toise, froidement.

Je suis dans une fosse et il me lance des pierres. Toutes plus lourdes les unes que les autres. Je ressens cet effet à chaque fois qu'il me parle. Une lapidation sans miséricorde. Mais c'est fini. Je ne me laisserai pas faire. Je m'enfuirai. Oui, dès demain, je ferai tout pour partir.

— Arrête... anticipe-t-il.

Je laisse éclater ma fureur.

— Tu ferais ce genre de truc sérieux ? Tu vas me livrer sans aucun scrupule ? Sans aucune émotion ? Qui de nous deux est le plus mauvais.

— Je n'ai rien à te prouver. Tu dois servir une cause plus juste, la cause des tiens et elle ne me concerne pas. Ce n'est plus de l'individualisme. Tu dois faire preuve de courage.

— Et toi ? Quelle cause sers-tu ? À qui tu obéis ?

— Je n'obéis à personne. J'ai fait une promesse et je n'ai qu'une parole.

— À ton père ?!

Il garde le silence mais serre les poings si forts que ses phalanges blanchissent. La ride du lion se creuse entre ses sourcils. Je siffle entre mes dents :

— Qu'importe à qui tu me vends. Sois certain que tu vas lui livrer un kamikaze qui va lui exploser entre les mains ! Oublie un couteau et je me trancherai les veines. Je trouve un flingue, je me tirerai une balle, et si sur mon chemin je croise une plante toxique, je m'empoisonnerai. Ouai, je te le dis et je ne plaisante pas. Lis dans mon crâne. Plutôt crever. Tu rêves si tu penses que tu pourras me livrer vivante à cet homme !

Je tremble de partout. J'ai tellement mal qu'une douleur amère m'agrippe le cœur de ses ongles acérés. Il me fixe à présent, placide et détaché, le regard s'attardant sur aucune nuance. Il tourne les talons et une fois près de la porte, prêt à fuir mon désespoir. Je hurle le cœur en miettes, les larmes nouant ma gorge :

— Moi aussi, je t'avais choisi !

Il s'immobilise. Les épaules s'abaissent avant de se soulever avec vigueur. Ma voix se casse :

— Je t'avais choisi pour vivre avec moi dans une maison que j'aurais construit pour nous et loin de tout. Près d'un lac...

— Une ferme, murmure-t-il.

Je secoue lentement la tête. Je ne vois pas l'expression de son visage. Peut-être est-elle dégoûtée ou moqueuse. Je relève les yeux. C'était puéril d'imaginer une chose aussi niaise qu'une ferme, un plan d'eau, de l'herbe verdoyante. J'ai lu tous les manuels de construction, les bouquins de soins animaliers... Je voulais qu'on ne manque de rien. Qu'on se suffise à nous même.

Dans ce rêve de gosse, je nous voyais heureux. Et si ce n'était pas ce qu'il désirait, jamais je ne l'aurais forcé à rester avec moi. Il aurait été libre. Je voulais qu'il trouve un équilibre et le bonheur. Qu'il ne subisse plus les coups de mon père. Alors oui au fond, j'ai été soulagée qu'il parte, qu'il disparaisse. Je ne pouvais plus supporter le rejet perpétuel dans son regard et cette rancœur qu'il ne m'expliquait jamais.

Je voulais grandir et arrêter de l'insupporter. Je ne pouvais pas être plus belle et attrayante que Capela mais peut-être devenue adulte, il me trouverait plus d'intérêt.

Je voulais me préparer, rassembler un maximum d'objets utiles. J'ai volé et profité de personnes bien pour lui proposer mon idéal. Un truc assez beau pour le convaincre de me suivre.

Aden ne bouge pas. Ma lèvre inférieure tremble et je la mords pour l'arrêter. Je tente de retenir mon cœur qui dégringole dans ma poitrine.

Je voulais t'éloigner de cette fille. Je voulais t'avoir que pour moi... Je pensais qu'on se retrouverait. Je t'avais choisi et je t'attendais.

Une larme s'échappe, elle s'écoule dans mon cou. Oui, je suis égoïste car je voulais être aimée... être aimée d'Aden. De personne d'autre.

En deux enjambées Aden est sur moi, ses larges paumes sur mes joues et ses lèvres s'écrasent sur les miennes. Chaudes, avides, passionnées. Déboussolée, je n'arrive plus à respirer mais je m'en fous. C'est tout en lui que je respire. Mon cœur bat à une puissance jamais égalée. A ce moment-là, les barrières et les masques tombent. De nouvelles émotions me percutent, puissantes, ingérables et la couverture glisse jusqu'au sol.

Chapitre 23

LES 7 PÊCHÉS

Le cœur mis à nu, un tsunami d'émotions me submerge et je crois me noyer dans chacune d'entre elles. Dont la jalousie.

Une jalousie extrême, maladive pour celle qui a étreint et possédé le corps d'Aden avant moi, faisant ainsi accroître ma solitude, un fardeau insupportable. Il m'a délaissée pour une femme et j'ai besoin de puiser dans ce qu'ils ont vécu. D'écraser son souvenir. De voler leurs instants. De lui faire oublier qu'il l'a aimée. Je la hais de me l'avoir pris. Je la déteste avec une force insoupçonnée et cela depuis toujours en réalité. Je m'accroche au cou d'Aden, à ses lèvres comme si toute ma vie en dépendait, les jambes flageolantes, les muscles tétanisés. Réclamant plus qu'il lui a donné ainsi que tout ce qui ne lui donnera plus. Je veux l'effacer, la faire disparaître.

J'embrasse Aden avec rage à présent. Avec une colère qui me foudroie l'estomac de part en part. Je veux le posséder, réclamer mon dû. Il est à moi.

Il éloigne ses lèvres de quelques millimètres. Je dois déplier la nuque pour fondre mon regard enflammé dans le sien rougeoyant. Je retiens mon souffle sous son intensité et cette couleur rouge étonnante que je n'ai aperçue que lorsqu'il combat. Mon cœur fait un véritable vacarme dans ma cage thoracique.

Le bout de ses doigts s'enfonce dans mes épaules, ils descendent sur mon buste et ses ongles me griffent la peau laissant des sillons carminés. Je serre les dents. Une fureur ardente et primitive gravite sur son visage.

Ses expirations se succèdent plus fortes sur mon front avant de s'éteindre quand il empoigne fermement ma poitrine. Ce contact me transcende.

Il continue de me scruter. La beauté de son visage n'échappe pas au clair de lune qui en dessine les contours virils. Aden resserre plus fort sa prise me coupant pratiquement la respiration.

Je reste hypnotisée par les flammes virant au doré qui dansent à présent dans ses iris. Ses paumes larges et chaudes englobant mes seins me font un bien insensé et attisent un désir licencieux.

C'est comme cela qu'on oublie le mal de ce que l'on est en train de faire et qu'on se focalise sur le bien. Le bien d'être près de lui, de le toucher. Dans tous les sens du terme.

Avec urgence, son bras droit s'enroule autour de ma taille. Il m'attrape sous une cuisse, la pose sur sa hanche et mes deux jambes l'encerclent avec puissance. Mon dos s'écrase contre le mur et sous le choc, j'expire violemment. Il plonge sa bouche juste sous mon menton m'obligeant à renverser ma tête en arrière et à me cambrer. Il suce la pointe érigée de mon sein puis la mord.

Je ferme les yeux. Je vais mourir. Ses doigts continuent de marquer ma peau. Ma main droite s'accroche à sa nuque et, coude gauche sur son épaule, je retiens ses cheveux épais entre mes doigts.

Son appétit devient plus féroce. Mon désir, une lave qui se déverse dans mes veines.

Je me débats avec le semblant de conscience qu'il me reste. Que des miettes à vrai dire.

Je devrais avoir peur mais cela n'a jamais fait partie de mon caractère. La colère, l'envie, la faim, le désir, la jouissance voilà ce qui m'inspire et je vis tout ça en même temps grâce à lui.

Ses gestes deviennent plus violents perdant toute cadence cohérente. Mes omoplates percutent le mur à chaque fois que sa bouche s'attaque à ma chair.

Ses deux mains s'infiltrent sous mes aisselles et il me soulève à bout de bras si haut que je pourrais toucher le plafond. Mes cuisses sur ses épaules, sa tignasse entre mes jambes, j'ai l'impression de m'ouvrir pareille à un éventail sous sa bouche. Mon intimité près de ses lèvres, mon ventre fourmille d'impatience et d'hésitation mêlées. Cette position est indécente. Mais quand Aden lèche et mordille mon clitoris, il n'y a plus d'incertitude. C'est exactement là où je veux qu'il soit.

Sa langue s'infiltre dans mes replis, fouillant chacun d'eux de bas en haut et mon corps produit des soubresauts comme électrifié. Je me sens mouiller sur ses lèvres.

Il prend entièrement dans sa bouche ma chair, la happant, la suçant. Je ne cherche pas à jouir comme tout à l'heure mais à profiter du bien incroyable qu'il me procure sur cette surface intime et réceptive. Là où mes doigts s'acharnaient sans succès, sa langue me goûte avec une délicieuse précision. Tantôt doux, tantôt plus fort. Ma peau se couvre de chair de poule sous les sensations devenant vertigineuses. C'est si bon et intolérable à la fois.

Il émet des sons rauques déclarant son enchantement. Il joue avec mon plaisir comme un virtuose.

Aden sait très bien parler le sexe...

Ses doigts pétrissent mes fesses, les pincent, les claquent. Je tire sur ses cheveux et il pousse un grondement sauvage. Il me fait prendre un peu plus de hauteur et sa langue pénètre mon vagin plusieurs fois. Je crois être sur le point de défaillir, émerveillée comme la plus sotte des vierges.

Il prend un malin plaisir à me torturer quand il suspend ses caresses à un moment critique. Il écarte mes cuisses, libérant ses épaules. Ses lèvres humides frôlent le sommet de mon sexe, remontent sur mon ventre, mon nombril puis entre mes seins pendant qu'il me redescend à sa hauteur.

J'ai envie de lui de manière insensée. Ce n'est pas son corps de guerrier que je désire mais lui. Entièrement. Je veux qu'il m'appartienne, le mettre à genoux. Je ne veux pas posséder quelqu'un, je le veux lui. Qu'importe les conséquences. Qu'il se refuse serait un rejet de plus que je ne supporterais pas. Ce n'est pas du sexe pour le sexe. Je le sais.

C'est autre chose.

De l'égoïsme... de l'avarice... de l'orgueil... Non ! Non !
Aden ne doit pas deviner cela...

À cette idée, une panique glaciale s'empare de moi mais une onde de bien-être vient l'effacer presque immédiatement. Est-ce ses facultés qui m'alanguissent ?

Tout ça va m'emporter beaucoup plus loin. Ma conscience flirte entre le bien et le mal comme au bord d'un précipice, le plaisir physique d'être dans ses bras est tel que je pourrais me jeter dans la fosse aux lions de mon plein gré.

Mes jambes se mettent à trembler. La crainte revient troubler mon âme profonde.

— C'est trop tard, siffle-t-il au creux de mon oreille, son bassin appuyant avec force contre le mien simulant lentement l'acte sexuel.

Je crois recevoir une nouvelle dose d'adrénaline et d'autres hormones inhibant toute réticence et réflexion.

Je saisis le bas de son t-shirt mais ses doigts encerclent mon poignet suspendant mon geste. Le souffle court, j'immobilise mon corps et je suis parcourue de frissons. J'ai tellement envie de le voir torse nu. Comme les rares fois où j'ai pu le surprendre.

Mais Aden m'attire près du lit et se couche sur le dos. Avec audace, je le chevauche aussitôt et il me laisse le dominer. C'est très excitant. Ma chair dévoilée directement posée sur le tissu léger de son pantalon que j'humidifie de ma sève mêlée à sa salive. Je sens tout. Sa hampe entre mes lèvres. Guidée par mon plaisir, j'effectue de légers mouvements de va et vient.

Aden a agrippé mes hanches et m'oblige à un rythme plus soutenu, plus violent me faisant presque décoller. Je plaque mes deux paumes sur ses pectoraux pour m'aider à garder l'équilibre.

Mon corps vibre d'attente et de curiosité. Mes sens s'immergent sous ce plaisir.

La tension érotique envahit la pièce. Aden est d'une sensualité renversante. Ai-je cru faire de lui ce que je voulais ? Je suis haletante et mon corps damné le réclame. Je ne maîtrise rien et il le sait parfaitement. Il me le laissait croire. La nervosité refait surface et je me contracte jusqu'à arrêter tout mouvement. Je suis complètement nue, fragilisée et lui porte toujours chacun de ses vêtements. Il serait si simple pour lui de m'humilier.

Une lumière dans son regard transperce le mien. Plus vive, plus intense. Ses yeux s'ouvrent sous un vert plus chaud presque jaune.

Il descend l'élastique de son pantalon pour saisir son penis tendu et impressionnant. Il veut lire ce que je ressens, j'en suis certaine. Que puis-je ressentir d'autre qu'un désir accru par cette vision charnelle. Aden est bien foutu mais son sexe est... parfait. J'admire sa longueur et sa largeur. Aden se fend d'un sourire satisfait tout en le pressant et le faisant glisser entre ses doigts. C'est carrément érotique. Je me mords la lèvre avec puissance. Je me rends compte de l'image que je lui renvoie, un appétit sexuel, vorace, insatiable. Mon ventre n'est plus qu'un creux, un vide insoutenable.

La main d'Aden saisit mon poignet et il vient remplacer sa poigne par la mienne. Que c'est doux. Dur, puissant. Aden émet un grognement sourd. Je caresse la veine saillante et étale avec mon pouce la curieuse gouttelette transparente autour de son gland.

Moi au-dessus de lui, Aden ne peut pas être plus asservi pourtant il m'impressionne et m'intimide. Voilà pourquoi j'ai besoin de ses mots. Qu'il livre ses émotions. Ses prunelles n'ont jamais été aussi claires alors qu'il répond à ma question silencieuse :

— Beaucoup de désir Ava. Énormément.

Mon corps manifeste un soubresaut et mon cœur aussi. Je resserre mes cuisses autour de ses hanches.

— J'ai envie de te prendre partout où tu peux m'accueillir.

Je crois que ma poitrine palpite à chaque syllabe prononcée.

Ses doigts sont juste posés sur mes hanches. Il ne bouge pas et attend sans que je n'en devine la cause. Il me contemple de ses yeux éclatants. Cet homme est le plus désirable que je n'ai jamais vu.

Mes jambes se mettent à trembler plus fort. Mes souffles deviennent moins réguliers alors que je décide de succomber.

J'ai conscience d'être un peu gauche et de l'imprécision de mes gestes mais j'ai tellement besoin de lui que je ne peux plus attendre qu'il consente à reprendre les rênes. Je soulève les fesses et guide son sexe en-dessous du mien. Tout l'air s'échappe de mes poumons quand son gland me pénètre lentement. Je sais ce qui gêne son entrée. Cette fine couche de peau barrant son chemin.

Aden reste immobile, me contemplant, son sexe palpitant à la lisière du mien. Ses prunelles enflammées se verrouillent aux miennes. Je me soulève un peu et d'un coup, j'essaie de briser ma virginité. Une douleur aiguë me foudroie le ventre. Je baisse la tête et serre les dents pour ne pas laisser échapper un cri. Je froisse les draps dans mes poings. Je ne peux pas recommencer, ça fait trop mal.

En mon for intérieur, je sais. Il ne passera jamais. Et ça me bouleverse de ne pas être faite pour lui-même pour ces choses-là. Surtout pour ces choses-là. Mon cœur se brise en plusieurs éclats. Ma gorge se noue de chagrin et de dépit mais avant que je ne puisse penser d'avantage, Aden me renverse sur le dos et s'allonge au-dessus de moi. Il écarte ma cuisse gauche avec son genou.

Il agrippe ma nuque, ramène mon visage vers le sien. Son regard n'a jamais été aussi intense quand il souffle contre mes lèvres :

— Ne le regrette jamais.

Il me pénètre d'un coup vif et précis. Une décharge électrique me contracte les muscles. La seconde poussée m'arrache un cri qui résonne dans la pièce et mon cœur fait un bond dans ma poitrine. Des larmes s'échappent de mes paupières. C'est douloureux. Très douloureux.

Je serre les dents pendant que les mouvements plus lents de son bassin l'aide à se frayer un passage. Je le laisse faire comme une poupée inanimée. Peu à peu, je me détends, bercée par son doux regard qu'il me renvoie pour la toute première fois de ma vie. Les perles salées coulent de part et d'autre de mon visage. Mais ce n'est plus la douleur qui les produit.

Aden ouvre quelque chose en moi, une partie de mon cœur inexplorée, dont l'intérieur chaud et rassurant se déverse dans tout mon corps.

La vengeance, la sournoiserie, la jalousie et la colère ont disparu pour ne laisser qu'une sensation si forte qu'elle me submerge.

Je flotte dans cet endroit qui n'existe pas vraiment. C'est profond, intangible, divin. Je perds la notion du temps, de l'espace. Je n'interagis qu'avec moi-même, mon ventre et son centre. Là où Aden se trouve.

Je tremble de tout mon être. Il me remplit de la plus délicate des façons. Cette douceur venant de lui est si inattendue, si déroutante. Déboussolée, j'essaie de lire ses sentiments, mais son visage est concentré et ses prunelles changent de couleur comme des flammes agitées par le vent.

De longs frissons parcourent ma colonne vertébrale. Il met le feu à mon cœur, réduit en cendre mes troubles desseins. Je profite de cet instant. Je ferme les paupières et me laisse flotter dans cette spirale sensuelle et révélatrice. Il s'écarte, me laissant vide et désœuvrée. Il grogne comme s'il n'était pas satisfait. Ses lèvres effleurent les miennes. Me torturant de cette mince distance.

— Écarte plus les genoux.

Cet ordre m'envoie une décharge dans le bas ventre. J'ai toujours détesté ce côté directif mais à présent mon inexpérience le salue. Mon désir pour lui est tel qu'il en est plus vif, plus perçant, plus affamé. J'obéis.

Sa respiration est plus lourde. Ses yeux incandescents. Ils me ravagent. Au dessus de moi, dominant comme l'alpha qu'il demeure, ses doigts m'écartèlent et il introduit son épaisse queue en moi. Ma chair pulpeuse l'accueille au plus profond. Il est si chaud que c'est comme si mon vagin entrait en combustion.

Il fronce les sourcils et se met à onduler. Son rythme s'accélère. Il est loin en moi comme je le souhaitais mais j'en veux plus. Plus que l'acte, je veux qu'il me dise ce qu'il ressent mais il se tait obstinément. Je passe mes doigts dans ses cheveux et enferme de larges mèches dans mon poing. Je veux qu'il me regarde. Sa main puissante fait de même et nous voilà, front contre front. Yeux dans les yeux.

— J'ai besoin que tu jouisses, me défit-il.

Il me prend avec plus de fougue et de sauvagerie. Je me retiens de crier. Il communique avec moi de toutes les façons. J'ai la sensation d'être offerte, totalement ouverte. Paradoxalement, quand Aden est ancré en moi, je me sens plus libre que jamais.

Son étreinte devient plus bestiale. Il renvoie dans mon corps une telle énergie que cela en est mystique. Il se trouve en moi partout, possédant mes pensées et mon corps.

C'est un mélange d'émotion, de découverte, de sensualité, de passion qui menace de me perdre à nouveau.

Je me perds car je ne vois plus rien à part les pourtours de ses épaules puissantes et les muscles luisants qui roulent sous l'effort. L'espace autour n'existe plus. C'est comme cela que je veux que nous soyons, seuls comme étant l'épicentre le plus chaud de tout l'univers. Perdus, fous mais ensemble.

C'est terriblement bon. Est-ce cela la jouissance ? Juste lui en moi ?

Tout ce plaisir est un mystère tout comme celui de la couleur de ses yeux. Le vert des feuilles l'été et le doré entourant ses pupilles. Magnifiques... comme je ne les ai jamais vues.

— Décris-moi comment tu jouis, Ava.

Entendre sa voix rocailleuse me fait un tel effet que je me consume tout entière.

Mon odeur se mêle à la sienne. Son souffle au mien. Les grognements s'échappent de ses lèvres à chaque poussée. Je ne supporte pas l'idée de vivre cela seule, je veux qu'il jouisse de cet acte autant que moi. J'ai besoin qu'il sente à quel point c'est bon.

— C'est une vague brûlante Aden... Elle s'amoncelle... prend de la puissance dans mon bas ventre... Elle se déchaîne dans mon vagin et aiguillonne mon clitoris... Et ce qui me soulage est chacune de tes pénétrations. Continue... Ne t'arrête pas...

Ses coups de rein me rapprochent de l'extase. Ils sont plus vifs, plus précis, passionnés. Son gland épais tape à un endroit qui me fait perdre la tête. Je me mets à gémir plus fort, de façon presque endiablée.

Nos regards figés l'un dans l'autre, je lui donne tout sans retenue.

— Je n'arrêterai pas...

Une onde délicieuse et chaude me traverse le corps. De l'intérieur de mon sexe, puis dans ma poitrine et dans ma tête. Je me dissous, me liquéfie. Je perds tout contrôle, toutes mes émotions s'emmêlent pour n'en laisser plus qu'une : le bonheur à l'état brut.

Cette jouissance me parcourt les veines comme un feu ravageant tout sur son passage. Aden continue de me prendre, me pilonne plus fort et je pousse des cris que je ne peux retenir.

— Je jouis... Je...

Oui, je jouis et je ne peux rien expliquer. C'est au-dessus des mots et aucun ne peut être comparé au plaisir immense qu'Aden me procure. À ce moment-là, il grogne, se retire, revient une ultime fois et se déverse, se rependant profondément en moi. Ses iris plantés dans les miens, je lis une vérité, un soulagement mais aussi une dette qu'il n'apprécie pas. Je suis à présent certaine qu'Aden prend du plaisir en s'inspirant du mien.

Il reprend son souffle. Sur les coudes, le visage penché en avant, les cheveux d'Aden me chatouillent le menton. Je somnole. Lui toujours ancré à moi. J'inspire son odeur salée et j'aimerais le regarder. Qu'il voit à quel point ce moment m'est paisible et serein.

— As-tu eu du plaisir ?

Il ne répond pas et tourne le visage sur le côté me dissimulant encore son regard. Je fixe sa joue, son profil si parfait. Aden est un amant beau et fabuleux. Il hoche légèrement la tête.

Je ne savais pas ce que j'attendais en faisant cela mais pas à cette sensation qui me fait sentir tellement bien que je pourrais laisser couler les larmes qui stagnent entre mes cils. Je me sens plus femme que jamais. Il m'a désirée, fait l'amour. Mais jamais je n'aurais cru vivre ce moment de totale communion et de fusion.

Il ne s'est toujours pas retiré et bouge à nouveau en moi. Il n'a pas dégonflé et son sexe se tend à l'intérieur par moment. Il ondule des hanches lentement, très lentement.

— J'en veux encore, murmure-t-il.

Son visage toujours en partie dissimulée, sa voix n'est plus qu'un souffle rauque. Mon envie de lui est toujours présente, presque insensée. Je caresse ses larges épaules avant de m'accrocher à sa nuque en y croisant les doigts. Il pousse en moi et s'arrête bien au fond. Avant de maintenir un rythme plus doux.

Il me mordille et aspire la peau de mon cou puis celle de mon l'épaule. C'est tendre, chaud et humide. Aden me touche et je ressens comme s'il était une aiguille perforant mon cœur.

Parce que j'ai du désir pour lui et que j'espère qu'il cessera de me consumer, je le laisse prendre ce dont il a envie et je suis transportée dans un nouvel orgasme voluptueux.

C'est à ce moment-là que je réalise...

Quand tu ne vois plus la lune une nuit sans nuages, quand tu te fous que le soleil se lève le matin.

Quand sa présence suffit à réparer chacun de tes maux, et qu'aucune phrase n'est assez forte pour décrire ce que tu ressens. Arrête-toi, ne fuis plus, tu as trouvé.

Ton paradis...

Il jaillit en moi une seconde fois avec vigueur et épaisseur, une transmission des fluides, un transport de lumière à l'intérieur, une force attractive de nos chairs et sueurs mêlées.

Aden s'effondre au-dessus de moi. Je ne veux plus bouger et souhaite paresser tout contre lui une éternité.

Oui, cette extase et ce bien être ne peut pas exister sans sentiments. A ce moment-là, mon cœur s'emplit d'un tout, s'ouvre pour lui.

Je tombe amoureuse de toi...

Son buste se gonfle m'écrasant la poitrine à chaque respiration, et j'ai la sensation qu'il suffoque. Ma joue contre son épaule, blottie contre son t-shirt humide, je souffle :

— Aden, ça va ?

Il lève enfin le visage et je peux contempler son regard flou et trouble rivé au fond de la salle.

Ses iris dont l'azur voile mal le sentiment d'avoir bravé l'interdit. Le bleu de la justice, parmi toutes les couleurs, celle-ci, plus froide, ne me trompe pas. Mon cœur se serre. Je ne veux absolument pas qu'il regrette. Le péché originel n'est qu'une invention qui incrimine sans cesse la nature humaine prétextant la débauche, comme si l'homme sans cela pouvait être irréductible. S'il existe un Dieu, s'il nous a créés pour nous aimer, il devrait l'accepter dans tous les sens du terme.

Ses muscles deviennent plus rigides que de la pierre sous mes doigts. Je m'attends à ce qu'il quitte le lit mais contre toute attente, il roule sur ma gauche et me serre dans ses bras avec puissance. Mais plus aucune chaleur ne se dégage de cette étreinte.

Il n'a pas besoin de dire un mot, la magie s'est évanouie.

Chapitre 24

LARMES DE SANG

Le soleil s'invite par la fenêtre voûtée en pierres non polies. Ses rayons caressent chaleureusement la moitié de mon visage. Je prends tout l'espace sur le maigre lit en mode étoile de mer infiniment comblée.

Aden a quitté la chambre. Je m'assois au bord du lit, me frotte les paupières. J'examine l'oreiller...

Non... je ne vais pas le faire...

Oh que si...

Je l'agrippe, l'écrase sur mon nez et inspire tout mon saoul. Puis plusieurs fois, qu'est-ce que c'est bon ! C'est ce que font les héroïnes après le coït, non ? Un passage obligatoire pour démontrer à quel point elles sont mordues.

Putain, le coussin ne sent absolument rien mais je m'en contrefous. Je le balance sur le côté. Rien ne peut gâcher ma bonne humeur.

J'ai vraiment très bien dormi ainsi collée contre son large corps. Blottie de la même manière qu'étant enfant. J'ai soulevé son bras et mon crâne a épousé le creux du haut de son torse. Oui, je me suis endormie immédiatement après avoir soufflé :

Éden...

Je soulève le drap resté sur mes genoux, des gouttes de sang ont maculé le tissu blanc. Je le roule en boule et le jette dans un coin de la pièce. Je doute que les nonnes apprécient. J'essaierai de le nettoyer plus tard en attendant j'ai une faim de loup.

Je récupère mes vêtements sur un meuble mal poncé. Je m'habille en fixant la croix chrétienne juste au-dessus. Je bloque sur l'expression triste et découragé de Jésus. Une fois le zip de ma combinaison remontée jusqu'à sous mon menton. Je joins mes mains et ferme les paupières.

— Raaam, Raaaam.

Je m'éclaircis la gorge.

— Seigneur, je sais, j'ai pêché et devant vos yeux qui plus est.

Je pivote de quatre-vingt-dix degrés, ouvre un œil et manifestement Jésus était aux premières loges. Je continue :

— Pour ma défense je n'ai rien pu empêcher. Comment dire stop aussi ? Sérieusement, je ne dis pas que c'est de sa faute mais vous l'avez bien regardé... Aden est torride ! C'était intense, une pure folie. Oui, je sais, vous avez tout vu... et ce n'est pas faux, j'aurais dû avoir la présence d'esprit de vous tourner face contre le mur....

J'essaie de reprendre mon sérieux. Je me mords l'intérieur de la joue. À présent, mes mots résonnent de façon plus grave et sincère. Ma voix est plus basse et un peu émotive.

— Cette nuit fut extraordinaire pour moi, comme un cadeau. Je l'aime. Oui, je crois que je suis tombée amoureuse de lui alors soyez sympa, ne le fustigez pas. Laissez-le tranquille.

Je soupire devant le ridicule de la situation.

— Et pis merde, je n'y arriverai jamais.

Je relâche les bras et secoue la tête. Jésus et moi, une histoire qui ne marche pas.

— Bonne journée, je lance cependant avant de quitter la chambre.

Je rejoins la grande salle de festins. Aucun sentynel n'est présent. Je m'installe à côté d'une sœur plus âgée qu'aucune autre. Elle me salue poliment. J'avale à peu près tout ce qui se trouve devant moi. Un bol de lait. Du pain chaud. Le beurre et la confiture de cerise sont délicieux.

— Nous produisons tout au couvent. Je peux te montrer nos ateliers si tu veux.

La religieuse me sourit avec fierté et son regard pétille à l'idée de me prodiguer son savoir-faire.

— Oui je veux bien merci, je réponds ravie.

Je m'imagine déjà préparer ce petit-déjeuner pour Aden les matins. Une fois que nous serons correctement installés bien entendu. J'étire mes lèvres à cette seule pensée.

— Ça va mieux qu'hier, on dirait, remarque la nonne gentiment.

— Oui, j'ai fait quelques folies cette nuit...

Ses yeux me scrutent avec stupéfaction.

— Je veux dire, j'ai passé une nuit d'enfer.

Elle ne se déride pas. Pitié, qu'elle ne me fasse pas un AVC.

— Par enfer, je veux dire « très bien dormi ». (Je soupire, pousse la chaise et me lève) Je vous laisse, à tout à l'heure. Enfin, j'espère, dis-je moins certaine devant son expression ahurie.

Je quitte la table avant de complètement pétrifier la vieille nonne. Il faut vraiment que je pense à tourner sept fois ma langue dans ma bouche ici.

Je parcours les couloirs austères du couvent quand enfin j'aperçois Aden menant une vive discussion avec Natalia au milieu d'un patio.

Est-ce cela tout le bien-être d'apercevoir celui qu'on aime ? Car là, tout de suite, j'ai envie de courir pour me jeter dans ses bras protecteurs. Plonger mon nez dans son cou et le respirer. Lui dire que sa présence m'a manquée au réveil et que je le veux à nouveau cette nuit. Toutes les autres nuits aussi.

Je presse le pas en leur direction. Au moment où j'arrive près de lui, il se décale pour clairement éviter que ma main atteigne son bras. Je me fige.

Natalia me sourit sans apercevoir mon trouble.

— Bonjour Ava.

— Bonjour, je réponds vaguement en regardant Aden avec insistance.

Il est habillé en tenue de sentynel. Son attitude est impatiente. Le regard rivé au sol, sa mâchoire tressaute. Tout son visage est tendu et fermé comme s'il s'apprêtait à partir en guerre.

— Aden. Je peux te parler ? j'avance timidement.

— Pas maintenant, répond-t-il froidement en passant devant moi.

Quoi ?

Je le suis et ignore les protestations de Natalia dans mon dos.

— Aden !

Il fait volteface.

— Il y a un problème ? m'enquiers-je.

— Aucun, lance-t-il en relevant le regard. La capuche ombre ses prunelles et je suis incapable d'en discerner leur

293

couleur. Une teinte assez foncée pour dissimuler toute lumière et clarté.

Natalia arrive à notre hauteur. Je secoue la tête un peu perdue.

— Tu ne veux pas me parler ?

— Je n'ai rien à te dire, fait-il aussi froid qu'un iceberg. *C'est du délire.*

— Rien ?

— Rien !

Mon cœur s'effrite. Non, il ne peut pas me faire un truc pareil. Natalia nous dévisage à présent.

— La nuit dernière...

— Quoi !? rugit-il avec violence faisant converger tous les regards sur nous.

Je crois que Cosma et Thènes nous ont rejoints. Je dis bien «je crois» car je suis incapable de voir autour. Tout devient plus flou.

— Nous avons vécu un truc... extraordinaire, as-tu oublié ! j'éructe à deux doigts de péter un plomb et de tout déballer.

— Parle pour toi.

Le haut de son nez s'est plissé sous la colère et un dégoût évident. Je n'arrive pas à y croire et je m'en fous des gens.

— On a fait l'amour toi et moi !

J'ai crié ça ? Vraiment ?

— Mon Dieu, qu'est-ce que tu as fait ! s'écrit la nonne.

Aden avance vers moi, assez près pour que je plonge dans le noir intense de ses iris.

— Oh non, je t'ai baisée...

Il arrache une croûte épaisse qui cicatrisait pourtant bien. Ma poitrine se racornit.

— et en beauté, finit-il de me détruire.

J'ai un hoquet de douleur. Je n'arrive plus à respirer. Je pose mes deux mains sur mon estomac car j'ai la sensation qu'un piège aux dents acérées l'a perforé.

— Enfant de salaud, je souffle d'une voix étouffée d'un sanglot.

Un champ magnétique se décharge autour d'Aden. Désorientée et hébétée, j'ai besoin de fuir mais j'en suis incapable. Sous la douleur, aucun membre n'obéit.

J'aperçois que tous sont figés, Cosma, Thènes, Natalia. Des larmes de sang coulent sur leurs joues. J'essuie les miennes, d'un rosé transparent.

— Aden ! Arrête, gémit Natalia.

— Qu'est-ce que tu es en train de faire, je murmure.

Il dirige ses yeux devenus rubiconds sur Thènes qui se recroqueville sur lui-même en se tenant la tête. Je comprends qu'Aden est responsable du chaos invisible. Ces capacités sont en train d'atteindre le mental de toute personne l'entourant.

— Et toi... hors de ma vue ! siffle entre ses dents Aden à l'intention de son aîné.

Son regard d'un rouge impitoyable lance des lames à Thènes dont le visage se chiffonne encore plus. Une souffrance vibrante et atroce accable ses traits. Il tombe bientôt à genoux. Thènes pleure.

— Non... geint-il.

— Aden ! je hurle.

Je lui attrape les pans de sa veste et essaie de le secouer mais en vain. Il reste statique, tel un roc solide. Un rictus mauvais vient ourler un côté de sa lèvre supérieure.

— Tu refais ça et tu es mort, prévient-il à son soldat.

Aden agrippe ma combinaison à l'épaule et m'envoie balader. Je tombe à côté de Thènes dont les larmes ont cessé de couler. L'air est plus dense, moins écrasant.

— Pourquoi tant de mascarade, mon ami, continue Aden d'une voix métallique. Tu as envie de te la faire ? Vas-y, le champ est libre. Elle est à toi !

Natalia a récupéré un mouchoir et tamponne son visage en tremblant.

— Tu es devenu complètement fou !?

Aden se tourne vers Natalia qui recule effrayée.

— Ne sois pas scandalisée. Tu as ce qui lui faut, n'est-ce pas ?

Natalie secoue la tête plusieurs fois, la bouche déformée.

— N'est-ce pas ?! hurle-t-il à présent hors de lui. J'ai enfin deviné toute la putain de vérité. Ni honte, ni culpabilité... Tu m'as bien mené en bateau ! Donne-lui ce dont elle a besoin et lâche-moi ! Tu es loin d'être bien placée pour les sermons.

Aden quitte la cour. Je tremblote de partout, me mordant la lèvre jusqu'au sang.

Chapitre 25

LES NUANCES DE L'ENFER

Cosma me raccompagne à ma chambre. Une fois à l'intérieur, je saccage tout en hurlant comme une dératée. Je retourne le lit et brise la chaise contre le meuble puis avec le bout de bois qu'il me reste, j'envoie valser Jésus contre un mur. Je veux tout détruire.

À bout de souffle et de nerfs, je m'assois dans un coin, plonge mon visage entre mes jambes tout en maintenant ma nuque. Mon corps tremble comme une misérable feuille.

Cosma reste à m'observer en silence, les bras croisés. Après quelques secondes, elle prend la parole :

— Je ne comprends pas pourquoi tu as fait ça. Aden n'est pas un mec pour toi, c'est évident. À quoi tu t'attendais ? À de l'amour ? Aden n'aime plus personne depuis longtemps. Tu ne peux t'en prendre qu'à toi-même, me dit-elle d'une voix neutre.

Qu'ils aillent au diable.

— Ferme la porte quand tu sors.

— Ne le pousse plus à bout. Tu ne sais pas qui tu provoques.

Je ne réponds pas.

boire.
— Natalia va t'apporter un truc. Je te conseille de le

Qu'est-ce qu'elle ne comprend pas ? Je veux qu'elle se casse de cette pièce.

— Ferme cette putain de porte quand tu sors ! je m'égosille soudain.

Je fais partie des dernières sceptiques de ce monde mais s'il y a une chose sur laquelle j'ai le moins de doute est l'existence de l'enfer.

Contrairement au paradis, il a un sens. Ne sommes-nous pas naïfs de croire que nous pourrions vivre dans l'aisance et nager dans le bonheur pour l'éternité, sans envisager qu'au bout de longues années, les infinis de plaines de pâquerettes et de pissenlits nous sembleraient plus fades et aussi attractives que le même dessert servi chaque midi ?

Le repos éternel est ce qui justifie le repos de l'âme et la mort comme échappatoire d'une vie fatigante ou l'ultime apaisement de la douleur.

Je n'ai jamais compris l'obstination de voir du bien là où il y a du mal, une dualité, l'obligatoire et pour tout.

Oui, l'enfer existe et il se trouve sur terre, dans toutes les nuances détachées et troubles de ses yeux. Aden incarne son souverain personnifié. Sa haine acharnée est mon plus grand châtiment.

Ce jour sonne le glas de mon âme d'enfant où résidaient mes rêves. Il m'a volé cela. Il m'a tout pris.

*

* *

Ava, 6 ans

— *Ava, si tu dors dans ma chambre, nous aurons des problèmes.*

Créature coincée sous mon aisselle, j'agrippe le matelas et me hisse à côté de lui. Je me faufile entre son torse et son bras droit comme à mon habitude. Je bouge un peu, puis beaucoup trop au goût d'Aden qui grogne, désappointé. Je l'ignore et une fois bien installée, ma tête bloquée au creux de son épaule, je cale mon pouce entre mes dents.

— *Tu vois, z'ai réussi à coudre la queue de Créature. Il est zoli, non ? Ze réfléchis touzours si ze lui greffe un nouveau bras, ze le trouve bien comme ça, pas toi ?*

Il prend par le cou ma peluche et l'examine. Je détends ma nuque pour apprécier son expression... dégoûtée.

— *Quoi que tu lui fasses il sera toujours moche et paraîtra anormal.*

Ses prunelles annoncent des flammes dangereuses. Je lui arrache Créature des mains avant qu'il ne s'acharne à nouveau sur elle. Je n'aimerais pas à avoir à lui recoudre encore quelque chose.

— *Et retire moi ce doigt de ta bouche, on dirait un bébé,* me sermonne-t-il.

Je dégage mon pouce du palais.

— *Tu es méchant depuis quelques jours, je trouve.*

— *Je ne suis pas méchant, j'essaie de t'éduquer.*

— *Tu n'es pas mon père ! je me défends avec véhémence.*

— *Encore heureux.*

— *Tu es mon frère, mon meilleur ami.*

Il fronce les sourcils. Je replace mon pouce dans ma bouche mais le retire aussitôt. Je ne veux plus être un bébé.

— *Pourquoi tu ne m'écoutes jamais, soupire-t-il.*

— *Si, je t'écoute. J'ai décidé de ne plus sucer mon pouce,* je réponds avec fierté. *Tu vois ?*

Je place mon poing sur son torse, le pouce humide levé en l'air juste sous son menton pour qu'il le visualise bien.

— *Je sais que ça me demandera beaucoup d'efforts.* Mais tu verras, je suis assez forte pour résister.

Il expire longuement.

— *Je sais.*

Il laisse planer quelques secondes avant de reprendre :

— S'il s'aperçoit que tu passes la nuit ici...

— Mon père ne s'en rend pas compte, il n'est jamais là et j'aime tellement dormir contre toi. Tu es chaud.

— Je ne suis pas ta bouillotte.

Il lève le bras et me pousse avec sa hanche mais je m'accroche comme un singe à son torse.

Quand il donne toutes les bonnes raisons et s'acharne pour m'éloigner de lui, je sais ce que je dois faire. Je profite pour coincer ma main gauche sous son omoplate puis j'entoure son visage de mon bras droit et récupère une épaisse mèche de ses cheveux que je fais tourner dans mon index. Ma jambe emprisonne sa cuisse avec force. S'il veut me dégager, je lui souhaite bon courage.

Je fais semblant de m'assoupir et essaie de respirer lentement. Je compte chaque battement naturellement précipité de son cœur. Au bout de quelques secondes, il resserre un peu son étreinte et je souris d'avoir gagné cette bataille. Je fais toujours semblant car ce sont les rares moments où Aden montre l'affection qu'il me porte. Je sais qu'il attend plusieurs minutes et qu'il frotte sa chevelure contre mon front jusqu'à ce que je m'endorme vraiment.

Ce soir-là, je n'avais pas compris. Il me portait dans ses bras, son cœur tambourinait dans sa poitrine tellement fort que j'ai ouvert les yeux. Il m'installa sous les draps de mon lit. Je *n'avais pas compris qu'il priait sur le pas de ma porte avant de rejoindre sa chambre. Il priait pour une autre.*

— Il y a des jours où je l'aime moins que d'autres, mais il y en a certains où j'ai tellement besoin d'être avec elle que c'est douloureux. C'est douloureux car je sais qu'elle n'est pas faite pour moi. Mais elle me manque si fort, tous les jours et chaque seconde qu'elle ne passe pas avec moi. Ça fait trop mal.

Chapitre 26

AUTOLYSE

Aden, 10 ans

Je donne deux coups à la porte de la chambre de mon géniteur.

— Vous m'avez fait appeler professeur ?

— Oui, entre Aden et ferme derrière toi.

Je pénètre dans la pièce. Il est occupé à fouiller dans la commode. Il sort un pantalon, le lisse contre son buste, le plie et le fourre dans une grande besace en cuir brun. Il ne tarde pas à entrer en matière :

— Sais-tu pourquoi j'ai choisi comme prénom : Aden ?

Je reste droit, les mains derrière le dos tel l'élève qu'il préfère que je sois.

— Oui, professeur.

Le sourire satisfait d'un maître barre son visage.

— J'ai manipulé la génétique afin de créer un être solide, indépendant, développant une forme d'intelligence empathique pour régner bien mieux sur cette terre comme l'homme avant lui. Beaucoup ont critiqué le transhumanisme et il m'a fallu faire beaucoup d'erreurs avant de trouver la formule adéquate...

Tu es désintéressé, régi par des instincts simples préservant ainsi la nature et tu es capable de percer le trouble en chacun.

Je t'ai appelé Aden car je pensais que tu étais la réponse à notre extinction et pour remplacer l'ordinaire quoi de mieux que l'extraordinaire.

Je l'écoute distraitement. Il m'a déjà conté cette histoire. Celle où il se prend pour Dieu et qu'il me réduit à une expérience réussie. Je suis avant tout né de l'accouplement entre une femme et un homme. Ce présent individu et ma mère. La manipulation des gènes n'est qu'un plus qui me pourrit la vie.

— Mais je me suis trompé. J'ai retrouvé le chemin de la raison et celui de la foi...

Les ondes émotives qui émanent de lui me sont désagréables, toujours pour tout dire. Je n'arrive jamais vraiment à les comprendre. Il y a trop d'informations, trop d'ambivalences.

Il fait glisser la fermeture Éclair de son sac avant de se redresser pour me faire face. Il me jette des regards brillants d'excitation.

— Ta venue au monde n'est pas naturelle. En es-tu conscient ?

— Oui, professeur, je réponds d'une voix neutre.

Chaque écart de comportement fait de moi un être dangereux. C'est pourquoi, j'évite de le contrarier au maximum et me montre naïf. Les longues seringues et leurs venins ne sont pas ce que j'aime pour planer. Je préfère de loin me laisser tourmenter par les humeurs d'Ava.

—... Je pensais bien faire...

Il poursuit son monologue redondant et mes pensées se perdent sur un sujet : Ava. Quand elle m'est proche, tout ce qui émane d'elle est si doux que ça me fait flotter comme à l'intérieur d'une bulle. J'ai l'impression d'écouter ses émotions pareilles à une tendre mélodie. Un tempo apaisant et pourtant si passionné quand elle parle de ce qu'elle aime. Parfois, elles sont si violentes et intrusives qu'elles me gênent. Ava est différente. Même si mon père s'acharne à dire qu'elle est la plus ordinaire des œuvres du puissant créateur, je ne la ressens pas comme les autres. Je l'ai compris dès notre premier regard, moi penché au-dessus de son berceau... Je ne l'oublierai jamais. Ma première crise. Je me souviendrai surtout de ça : sa peur.

J'essaie de me fermer, de me protéger des émotions du professeur. Sa silhouette s'efface au profit d'un noir qui se développe et envahit mes iris. Plus aucune lumière ne vient perturber mon cortex cérébral. Un calme à l'intérieur, un silence émotif. C'est comme cela que j'arrive à dormir. En faisant taire les tourments de ma conscience et en même temps celles des autres. Complètement aveugle, je fais confiance à mes autres sens pour situer mon père. Son odeur tout d'abord, au-delà de sa chair pas très alléchante, un mélange d'encre et de composés chimiques. Puis sa chaleur, un véritable radar, vu le cancer persistant irradié aux lasers deux fois par mois. L'usure reste l'usure même sous un sérieux traitement. Je ne lui laisse pas plus de quinze ans à vivre.

Aujourd'hui, il me dénigre plus qu'à son habitude mais qu'importe ce qu'il pense après tout, seul l'intérêt de deux personnes compte. Celui de ma mère et d'Ava.

Ma mère est malade et mon père m'a assez répété que j'en étais la cause. Pourtant, dans le regard de cette femme forte qui s'affaiblit, je lis l'attachement qu'elle me porte et ça me suffit. Je veux qu'elle soit fière de moi. Alors quand elle me demande d'obéir à son mari, je ne discute pas.

-...Notre petite Ava nous a été envoyée. Elle a chamboulé toutes mes visions alternatives. Elle est la réponse. L'être voulu par la nature. Elle doit vivre et le reste doit disparaître.

Quand il parle d'elle, ma concentration vacille. Je perds le fragile contrôle. La lumière entre à nouveau dans mes pupilles et je prends les stimulus de mon père en pleine tronche. J'ai beaucoup de mal à reproduire l'exercice de l'occultation immédiatement. Je serre les poings et fronce le haut de mon nez tel un fauve irrité.

— Vous m'avez fait appeler alors ? dis-je calmement alors que je m'impatiente.

— Oui, Aden. Je quitte le manoir. J'ai besoin que tu t'occupes de ta mère. Notre gouvernante sera présente la journée mais il faut tenir éloignée Ava de sa chambre. Elle la fatigue beaucoup.

Je hoche la tête pour le contenter.

Certes Ava fatigue ma mère mais il ne voit rien. Ava est la seule à la faire sourire, à la rendre heureuse. Même si les jours de ma mère sont comptés, Ava lui fait le plus beau des cadeaux. La joie qu'elle lui procure lui est plus bénéfique que les contours figés d'un lit.

Un fois dans le jardin, alors qu'Ava me collait aux basques comme d'habitude, un éphémère passa devant son nez. Elle me lâcha la manche et courut après pour sans doute la dresser en animal de compagnie. Je l'empêchai de le capturer et lui raconta la courte et triste vie de cet insecte. Furieuse, elle croisa les bras et bougonna avant de rentrer dans le manoir qu'elle préférait vivre un seul jour en liberté et heureuse comme un éphémère plutôt que cent ans en cage comme un oiseau malheureux. Elle avait raison.

À l'insu du professeur, je les laisserai donc discuter toutes les deux. La plupart du temps elles parlent seulement de livre, d'histoire d'amour et de récit fantastiques le plus souvent extrapolés par Ava. Je m'assois dans le couloir pour l'écouter aussi. Elle me fait rire parfois. Elle n'est pas seule dans sa tête. Ses émotions me sont si précises que c'est comme si j'étais dans son crâne. Elle est intelligente, bien plus que moi...

Finalement, toutes ces sensations sont fictives, impalpables, difficiles à comprendre car indéfinissables pour le scientifique mais moi, je peux expliquer les émotions car je les subis. Elles peuvent se comparer aux langages. Une fois, les mots prononcés, bons ou mauvais, on ne les oublie pas. Je n'oublie jamais ce que ressent Ava.

Mais il y a ce truc en elle, que j'aime et que je déteste tout autant. La passion. Cette envie de tout savoir, tout connaître quitte à brûler les étapes. Elle passe d'un livre à un autre. D'un genre à un autre sans jamais s'attacher à un seul personnage.

Ava sera ce genre de personne qui ne se contente de rien, se lasse de tout très vite. Comme ses poupées qu'elle aime un jour puis délaisse au fond d'un coffre le lendemain.

— Combien de temps partez-vous ?

— Une quinzaine de jours. Le temps de faire l'aller et le retour.

Il finit de fermer les volets puis empoigne sa valisette médicinale avant de m'indiquer la sortie.

Il pose rarement la main sur moi avec affection alors il use d'un geste quasi militaire en direction du couloir pour m'inciter à regagner ma chambre. Mais ses émotions confondues me perturbent. Derrière sa joie visible, son excitation est latente. Il espère obtenir des réponses avant qu'elle ne se déclare plus franchement. J'ai besoin de savoir de quoi il retourne car je viens de percuter ; son voyage concerne Ava.

— Ava pourrait quitter Agora ?

Il ferme à clé le battant.

— Pas encore. Il faut de prime abord que j'examine ce garçon. Lui non plus n'a pas atteint la puberté.

Je fronce les sourcils.

— Un garçon ?

— Oui, un enfant comme elle. Un second miracle.

Il me fait face, me scrute et je comprends qu'il attend ma réaction.

— Ça veut dire quoi ?

— Qu'il existe quelqu'un bien plus que compatible... il est parfait pour elle.

Je secoue la tête. Je dois me contenir mais des pointes percent mon abdomen. Il ne faut pas que ça se propage. Que le professeur le perçoive. Quand la douleur psychique devient physique, il la perçoit toujours.

— Je ne veux pas, dis-je en essayant d'être calme alors que je sens les racines de mes cheveux se hérisser.

Mon père se masse la tempe.

— Contrôle toi, Aden. Tu ne veux pas d'une nouvelle piqure.

— Non, s'il vous plaît...

J'essaie de faire taire cette terreur. Et la dernière fois qu'il m'a enfoncé cette maudite seringue dans le cou, je n'ai pas pu bouger de mon lit durant une semaine.

— Mais vous avez promis qu'on resterait ensemble.

— Tu resteras avec elle jusqu'à ce qu'elle le retrouve. C'est encore tôt.

Ni bientôt, ni plus tard. Jamais ! Le professeur se frotte les yeux.

— Aden, calme toi bon sang ! Nous avons trouvé un enfant comme elle. Son âme sœur. Tu ne veux pas te mettre entre eux, mon garçon.

Il essaie de m'être gentil mais c'est toute son indifférence à ma peine, sa colère et sa violence qui émanent de lui. Celles que je connais par cœur car elles se tiennent devant lui comme un spectre. J'en ai toujours eu une peur bleue étant plus petit.

Avant que je comprenne que ce que je percevais n'était, ni plus ni moins, ses plus cruelles émotions.

— C'est faux vous mentez ! Elle n'a pas d'âme sœur, je crie soudain d'une voix enrayée.

Il lâche prise et s'énerve.

— Tu n'es pas de son espèce petit sot. Que t'es-tu imaginé ? Ne me dis pas que tu es amoureux d'elle ?

— Non !

— Heureusement ! Tu n'es pas censé ressentir de l'amour. Est-ce que tu en ressens ? insiste-t-il en me dévisageant avec suspicion.

— Non ! J'ai dit non !

— Ce que tu ressens sont les émotions des autres. Ce genre d'émotion relève de l'humain. Tu n'es pas humain, tu le sais ?

Pas besoin d'empathie pour saisir que son ton est lourd de menaces. Pourtant quelque chose me crispe la poitrine. Ce quelque chose qu'il n'a jamais ressenti à mon égard et qu'aujourd'hui il me renvoie comme une insulte. Ces nouvelles informations se matérialisent et s'imbriquent comme des morceaux de puzzle dans mon esprit. Cette émotion se compartimente soigneusement, se décline en plusieurs variantes avant de se ranger avec les autres qui font mal. Celle-ci s'appelle le dégoût.

— Oui.

Je ne crie plus. Mes épaules retombent.

— Très bien. Tu n'étais qu'une solution de repli, un plan B. Regarde l'état de ma femme ! Je te préviens Aden ne me fait pas regretter de t'avoir gardé avec nous. La possibilité de sauver l'humanité est comme une seconde chance donnée par notre seigneur. Ava est la clé. Toi, tu n'es qu'un chasseur. Tu m'as bien compris ?

Je n'arrive pas à répondre, les mots restent vissés au fond de ma gorge. Mon organe vital accélère dangereusement sa cadence et peut-être que je dois à nouveau me refermer. Arrêter de ressentir, au moins essayer ou alors en crever.

La pénombre qui s'infiltre dans mes yeux me sauve cette fois encore et je vais mieux. Elle anesthésie tout.

C'est drôle, dans un passé maintenant révolu, j'incarnais la solution car mon père pensait que je contrôlerais les tristes desseins des autres, mais l'homme n'est bon qu'à fabriquer des bombes...

— Tu as compris ? répète-t-il plus menaçant.

— J'ai compris.

— Je te préviens Aden, ne la souille pas !

— Je ne veux pas la salir, je réponds avec apathie.

— Très bien. Retourne dans ta chambre.

J'obéis et quitte le couloir. Je m'assois sur mon lit et peu à peu ma vision revient.

Sur l'étagère au-dessus de mon bureau, un ours en peluche de couleur bleu me sourit. Un ours n'est pas bleu, il est brun ou blanc.

Oui, un ours n'est pas bleu ! Cette couleur est moche. Elle ne lui va pas. Il ne devrait pas exister comme ça !

De rage, je lui arrache un bras puis une jambe. Mais il ressemble toujours à un ourson même amoché et j'ai le temps de lui arracher un œil avant qu'Ava passe la porte. Elle me soustrait l'ourson des mains.

Des larmes menacent de couler et je dois les contenir. Toujours, il le faut. Mais d'ailleurs pourquoi je pleurerais ?

Je regarde Ava s'extasier devant l'hideuse chose et elle commence à jouer avec.

Ses vives émotions viennent me cogner le cœur tels de lointains électrochocs.

J'ai la sensation bizarre d'être en vie mais comme déjà complètement mort.

À suivre...

Suivre l'auteur

Facebook

Page auteur : https://www.facebook.com/TessaLLWolf/

Instagram

Compte : https://www.instagram.com/wolf.tessa/

Wattpad

Compte : https://www.wattpad.com/user/TessaWolfFR

Autres œuvres de l'auteur

« I Hate U Love Me »,

En quatre tomes, paru chez BMR Hachette.

Synopsis :

À 18 ans, ma vie est toute tracée. Raisonnable, réfléchie et ambitieuse, je me prépare à intégrer une des plus prestigieuses universités de Paris. Raisonnable... Je l'étais avant de le rencontrer. Fares. Ce garçon intimidant, intrigant, différent des autres qui va tout remettre en question. Bouleverser mon monde parfait, juste avant de disparaître. Laissant derrière lui une histoire d'amour explosée en plein envol.

Cette rupture m'a changée à jamais.

Trois ans plus tard, le destin met à nouveau Fares sur mon chemin. Lui a refait sa vie, pas moi et son indifférence va achever de me détruire. Quand plus rien n'atteint celui qu'on aime et que la haine prend le dessus, la vengeance n'est-elle pas la plus douce des thérapies ?

« Amoureux d'une étoile »,

À suivre sur Wattpad

Synopsis :

Moi, petite Frenchy, j'ai débarqué cinq ans plus tôt dans la ville la plus huppée des US avec des rêves pleins la tête. Et rien n'avait supposé que je finirais ma vie dans ce burgershop miteux.

Lui, fils d'un photographe et d'une mère directrice d'opéra, tout le destinait à cela : la célébrité. Parce qu'il était parfait et adoré... Bien trop beau, drôle, infiniment gentil et brillant.

Sa carrière était déjà prédéfinie avant même que l'on se rencontre dans ce couloir de la célèbre école d'art à New York « LaGuardia ». Tout le cocktail explosif « made in States » y était, même le bal au cours duquel tu perds ta virginité en fin d'année...

Et ce garçon si populaire, Kees, c'est bel et bien celui qui me demande un café quatre ans plus tard, assis juste à droite de l'amour de sa vie. Malgré mes efforts pour le dissimuler, mon accent est toujours aussi exécrable au moment d'annoncer l'addition. Et je ne peux plus me cacher, en ce moment même, il me dévisage.

Il est au sommet et je ne suis personne. Pas douée pour grand-chose sauf peut-être pour la danse mais dans ce domaine, il suffit d'un rien pour que ta carrière bascule.

Printed in Great Britain
by Amazon